あの空の下で

吉田修一

集英社文庫

あの空の下で　目次

願い事　9
自転車泥棒　21
モダンタイムス　33
男と女　45
小さな恋のメロディ　57
踊る大紐育《ニューヨーク》　69
東京画　83
恋する惑星　97
恋恋風塵《れんれんふうじん》　109
好奇心　123

ベスト・フレンズ・ウェディング 137
流されて 151

＊エッセイ＊
バンコク 167
ルアンパバン 174
オスロ 181
台《タイ》北《ペイ》 188
ホーチミン 197
スイス 205

あの空の下で

願い事

窓の外に奇妙な形の雲が広がっている。ドーナツ状の雲の中央に、たった今、離陸してきた地方都市の街並みが見える。

今泉圭介は膝《ひざ》に広げていた雑誌を前座席のポケットに入れた。頭上のシートベルト着用サインはまだついている。

圭介が生まれて初めて飛行機に乗ったのは、今からもう二十年以上も前、小学校四年の春のことだった。

あいにく楽しい家族旅行ではなく、横には、やはり初めて飛行機に乗る着物姿の祖母がおり、座席に正座してもいいものだろうか、と頻《しき》りに圭介に聞いてきた。

その前の晩、両親と兄は大阪へ出かけていた。大阪に住む父の従弟《いとこ》の結婚式だった。

圭介だけ家に残ったのは、週末に所属しているバスケット部の試合があり、最後の最後になってレギュラーメンバーに選ばれてしまったからだ。

両親は圭介だけ残していくのを当初は心配したのだが、家には祖母もいるし、たった二泊のことだしと、結局あっさりと大阪行きを決めてしまった。

圭介も初めての飛行機に未練がないことはなかったが、四年生で唯一自分だけがレギュラーになれた快挙のほうが勝った。

大阪に着いた母から電話があったのは、その晩の八時を過ぎたころだった。すでに食事も済ませ、風呂《ふろ》にも入り、パジャマでテレビを見ていた圭介が電話に出ると、日ごろおっとりした母が声を上ずらせ、「圭ちゃん？　おばあちゃん、いる？　ちょっと代わって！」と言う。

「今、大阪に着いたよ〜」ぐらいの電話だと思っていた圭介は、母の慌てぶりに自分まで慌ててしまい、横で縫い物をしていた祖母の鼻にぶつけてしまうほど、強く受話器を差し出した。

「え？　なんて？　なんでまた……、どこで……」

祖母がそう呟《つぶや》きながら、震える手で電話を撫《な》でる。心細くなった圭介は、横でじっと祖母が着ていた浴衣《ゆかた》の袖《そで》を握っていた。

兄の広志がバイクに撥《は》ねられ、大阪の病院に運ばれたという知らせだった。祖母は翌朝大阪へ向かうことを決め、隣に住む叔父《おじ》にチケットの購入と空港までの送迎を頼んだ。

翌朝早く、祖母はバスケット部の顧問教師に電話を入れて事情を話した。電話を代わった圭介に、若い教師は、「しっかり、おばあちゃんを連れてけよ」と言った。

生まれて初めて乗った飛行機で、圭介は「お兄ちゃんが無事でありますように」と祈り続けた。空に近い分、願い事が叶《かな》うような気がしてならなかった。

幸い、兄は軽い怪我《けが》で済んだ。事故のショックで一時体温が下がったりしたらしいが、圭介が病院に着いたころには、「痛い、痛い」と顔をしかめながらも、美味《おい》しそうに搾《しぼ》りたてのリンゴジュースを飲んでいた。

その後、病室に結婚式を終えたばかりの新郎新婦や、まだ晴れ着姿の親戚《しんせき》たちが次々と駆けつけて、看護師も笑い出すほど妙な雰囲気になってしまった。

病室の窓から、大空を横切る飛行機が見えた。空に近くも見えたし、さほど近くもないようにも見えた。

飛行機の中で兄の無事を祈ったことを、圭介は誰にも言わなかった。誰かに言うと、救ってくれた神様を裏切るような気がしたのだ。

考えてみれば、それ以来、飛行機に乗ると、圭介は願い事をしてしまう。バスケットの試合で遠征したときは優勝を願い、大学受験に向かったときは合格を、好きになった女に告白する前に、用もないのにわざわざ札幌《さっぽろ》まで飛んだこともある。

あれからすでに二十年以上、叶った願いもあれば、もちろん叶わなかった願いもあるが、飛行機が離陸して、シートベルト着用のサインが消えると、圭介はほとんど習慣的に目を閉じ、心の中で手を合わせてしまう。

上昇を続けていた機体が、ふと力を抜いたように軽くなり、水平飛行になったことが分かった。次の瞬間、見上げていたシートベルト着用のサインが、乾いた音と共に消える。

「ちょっと、ごめん」

目を閉じようとした瞬間、窓際に座る妻から声をかけられた。寝つきを邪魔されたような気分で、「なんだよ?」と睨《にら》むと、シートベルトを外しながら、「ごめん、ちょっとトイレ」と立ち上がる。

さすがに足を跨《また》がせるわけにもいかず、圭介は自分もシートベルトを外し、狭い通路に立った。

妻を通すと、立ったついでに背伸びをした。なんとなく目を向けた後方座席に、首を伸ばしてこちらを見ている女の顔がある。前の座席にその顎《あご》をのせ、なぜかニヤニヤとこちらを見ている。一瞬、目が合ったが、思わず逸《そ》らしてしまった。女の顔に見覚えがあったのだ。

腕はまだ天井に伸びていた。このまま下ろしても不自然、かと言って、これ以上伸ばしようがない。

伸ばしたままの腕を、肩の凝りをほぐしながら自然に下ろした。背後を振り返れば、女はまだニヤニヤしながら、前の座席に顎をのせている。

妻がトイレからまだ戻らないことを確かめて、女の元へ向かった。幸い、機内は混んでおらず、通路を挟んだ女の隣席が空いていた。

「ねぇ、ねぇ、今の人が奥さん？」

圭介が空席に座るとすぐに、女が身を乗り出してくる。

「そうだよ。それより、お前、いつ帰ってきたんだよ？」

「去年の夏」

「今、どこ？　東京？」

「そう」

「仕事は?」

「話すと長くなるよ」

「かいつまめよ」

「無理。かいつまめない。ほんとに長い話なんだもん。それより私たち何年ぶり?」

「えっと、俺が転職したばっかりだったから、十年?」

「え、そんなもん?」

「そうだよ。そんなもんだよ。……そんなことより、今、何やってんだよ?」

「店、出した」

「店って、お菓子の?」

「当たり前じゃない。なんで、わざわざパリで菓子職人になって、東京でそば屋出すのよ」

「いや、そりゃそうだけどさ……」

妻と出会う前に、付き合っていた女だった。自分ではうまくいっていると思っていたのに、とつぜんパリでお菓子作りの勉強をすると言い出して、あっという間に旅立った。

転職したばかりで、追いかけていくわけにもいかず、夏休みを待って会いに行った。別れたつもりはなかったのだが、全寮制の学校の宿舎から、粉まみれになって出てきた彼女を見た瞬間、なぜかもう自分たちの関係は終わっているのだと悟った。

その後も電話のやりとりはあったが、卒業しても彼女は日本へ戻ってこなかった。

「ねぇ、まだあれやってんの？」

「あれって？」

「ほら、飛行機に乗ったら、いつもお願い事するって言ってたじゃない。ほら、あれいつ頃だったかな、一緒に沖縄旅行に出かけたとき、飛行機の中で教えてくれたじゃない」

たしかにあのとき、彼女に話した。そして二人並んで、一緒に願った。何を願ったのかは聞かなかったが、きっと彼女も自分と同じことを願っていると思い込んでいた。十年ぶりに再会した彼女の指に、結婚指輪はないようだった。

「店、うまくいってんの？」

「おかげさまで大盛況」

一瞬、どこにあるのか聞こうかと思ったが、聞いたところで行くこともないと思ってやめた。そんな気持ちに気づいたのか、「ほら、そろそろ戻らないと、奥さん、戻ってきちゃうよ」と笑う。

「別に見られてやましい関係じゃないだろ」

「そうだけど、あなただって奥さんの昔の恋人になんか、会いたくないでしょ?」

彼女が茶化すので、「紹介するよ」と圭介は平気な顔をした。すぐに彼女が、「私より奥さんのほうが美人だったから、イヤ」と笑う。

犬を追い払うように手を振るので、圭介は苦笑しながら立ち上がった。振り返らずに元の席に着くと、ちょうど妻が戻った。

「ねぇ、空港からタクシーにする？　お兄さんの家に寄るんだったら、バスだとちょっと間に合わないかもよ」

「いいよ。直接ホテルで」

「それにしても、あんなに元気なおばあちゃんが米寿のお祝いだもんねぇ。私たち、お互いに長生きの家系よねぇ。間違いなく、あと五十年はあなたと一緒だわ」

シートベルトを締めながら、妻がわざとうんざりしたように首をふる。

「俺さ、飛行機に乗ると、いつも何か願い事するんだよ」

「願い事？　なんで？」

「なんでって、ほら、空に近いから叶いそうだろ」

「何よ、それ」

「いいから、ちょっと一緒に何か願い事してみようぜ」

「今？　いやよ、恥ずかしい」

「誰も見てないって」

「お願いしたいことなんてないもん」

「いいから。ほら、早く目とじて」

「いやだって」

圭介が先に目をとじた。しばらくすると、呆《あき》れたように笑っていた妻の声が聞こえなくなる。

こっそりと薄目を開けると、嫌がっていたくせに、妻も目をとじている。圭介はそれを確かめてから、もう一度ゆっくりと目をとじた。

十年前、沖縄旅行の時には、彼女が何を願っているのか分からなかったが、なぜか今、隣で妻が何を願っているのかが分かる。

「私たち、お互いに長生きの家系よねぇ、間違いなく、あと五十年はあなたと一緒だわ」

自転車泥棒

今からもう二十年も前になる。私は東京郊外のワンルームマンションに暮らしていた。

最寄りの駅から歩くと三十分以上かかり、駅前からバスに乗ると、終点は埼玉県になる場所だった。

その夜はとても寒かった。外で吹き荒れる寒風が、サッシ戸を氷のように冷たくしていた。暖房は入れていたが、すきま風が吹き込む安普請《やすぶしん》のワンルームマンションだった。

仕事から戻ると、とつぜん寒気を感じた。風邪《かぜ》を引いたのだろうと、早目に布団に入ったのだが、なかなか寝付けずにいた。

その日、会社で嫌なことがあった。自分でも大人げないと思うのだが、総合職で入社した一年後輩の男性社員に「資料の作り方がなっていない」と大勢の前で注意され、あまりの悔しさに「どうせ私は一般職採用の事務員ですから」と言い返してしまったのだ。

入社時、私が仕事を教えた後輩だった。自分よりも給料の高い後輩に仕事を教え、今ではその後輩のコピー取りをやらされている。

男女雇用機会均等法が施行されて、すでに二年が経っていたはずだ。両親に無理を言って、四年制の大学を卒業していた。

もちろん必死に就職活動もした。が、希望する会社の内定はもらえず、かといって就職浪人する余裕もなく、「とりあえず一般職で内定もらって入社すれば、その先は自分の頑張り次第じゃないの」という友人の言葉を信じてしまった。

しかし、元々敷かれたレールが違うのだから、いくら自分が頑張ったってレールを敷き直すのは不可能だった。


その夜、布団に入っても寒気は治まらなかった。逆に時間が経てば経つほど、気分が悪くなっていく。あいにく買い置きの風邪薬も切れていた。子供のころから泣き言を言わない自分の性格が、好きで嫌いだったはずなのに、さすがにこの夜に限っては、実家の母に電話して、声を聞きたくなるほどだった。

夜の九時を回って、今のうちに薬を買いに行ったほうがいいと決心した。駅の近くに十時までやっているドラッグストアがあった。

ふらふらしながらも布団を出て、着込めるだけ着込んで部屋を出た。暮らしていたワンルームマンションは三階建ての細長い造りで、各階に三十部屋ほどが並んでいた。

住人は近所にある大学の学生がほとんどで、中には自分のような若い勤め人もいるらしかったが、近所付き合いどころか、隣にどんな人が住んでいるのかさえ知らなかった。

エントランスに約百世帯分の郵便受けが並んでいた。ビラや広告がはみ出るほど溜《た》まっているボックスもあれば、小さな錠前をつけているボックスもある。

郵便受けの前が自転車置き場になっていた。百世帯分の自転車を置くには狭すぎて、必ず誰かの自転車が倒されていた。

肌を切るような寒風の中、自転車を漕《こ》いでドラッグストアへ向かった。通りの名前は忘れたが、一晩中トラックが行き交う大きな産業道路だった。自転車を漕いでいると「どうせ私は一般職採用の事務員ですから」と言い返したときの後輩社員の顔が思い出された。申し訳なさそうな顔をしたつもりなのだろうが、それは哀れむような顔だった。

ドラッグストアで風邪薬を買い、店を出ると、たった今、そこに停《と》めた自転車がなくなっていた。

風邪のせいで、置いた場所を勘違いしているわけではなかった。置いたのは間違いなく電話ボックスの横だった。一瞬、頭が真っ白になり、駅のほうから歩いてきた人に「自転車が……」と声をかけそうになった。

自転車がそこから消えたというよりも、自分自身がふっと消されたような感じだった。

間違いなくそこに停めたはずなのに、気がつくと、自分を疑っていた。自転車は別の場所にある。自分が勘違いしているはずだ、と。

ただ、いくら探しても、やはり自転車は見つからない。探していると、驚きが怒りに、怒りが言いようもない哀《かな》しみに変わっていく。ほとんど半べそをかきながら、駅前の交番へ走った。

若い警官は事情を聞くと「じゃ、まだそんなに遠くには行ってないな」と呟《つぶや》き、すぐに自転車に跨《またが》って探しに出て行った。

残っていたもう一人の警官が、「見つかったら連絡しますから連絡先を」と言うので、メモ帳に名前と電話番号を書いた。

書き終わると「今夜中に連絡なかったら、見つからないと思ってもらったほうがいいでしょうね」と彼は言った。

最終のバスが出たばかりだった。タクシー乗り場には長い行列ができ、肝心のタクシーは一台も停まっていなかった。

トラックの行き交う産業道路を歩いて帰るしかなかった。どんな理由があって、他人の自転車を盗むのか、どんな理由があって、自分がこんな目に遭わなければならないのか、いくら考えても分からなかった。

哀しみがだんだんと憎しみに変わっていく。やっとの思いでマンションに着いたとき、必死に我慢していた涙が溢《あふ》れた。世界中から自分が笑われているような気がした。世界中から自分が憎まれているような気がした。

その夜、交番からの連絡はなかった。翌日、まだ風邪は完治していなかったが、ここで休むわけにはいかないと、無理をして出社した。

早速、上司に呼び出され、昨日のことを咎《とが》められた。返す言葉もなかった。昨夜《ゆうべ》、自転車が消えた瞬間に、別の何かも消えてしまったような気がした。

その日、会社から戻ると、郵便受けにクレジットカードの請求書やダイレクトメールに混じって、別の部屋宛《あ》ての封書が間違って投函《とうかん》されていた。宛て名は男性の名前で、一階上の部屋番号が書かれていた。差出人の名前はなかった。

入れ直してあげようと、正しい郵便受けを探していると、ふと足が止まった。本当に衝動的なものだった。私はその封書をコートのポケットに押し込んだのだ。未《いま》だに、なぜあのとき、そんなことをしようと思ったのか、いくら考えてもはっきりとした理由が分からない。

自転車を盗まれた悔しさを、そんなことで解消しようとでも思ったのか、それとも自分だけが嫌な目に遭っていると思い込み、誰かにその仕返しでもしようと思ったのか。

他人宛ての封書をポケットに入れたまま、私は足早に階段を上がって自分の部屋に向かった。誰にも見られていないことは分かっていたが、心臓は今にも口から飛び出しそうで、鍵《かぎ》を差す指は震えた。

転がり込むように部屋へ上がり、思わず床に蹲《うずくま》っていた。世の中には他人の自転車を平気で盗むヤツもいる。本当に困っている人の自転車を盗み、自分だけが楽をするヤツもいる。気がつけば、そんなことを呟いていた。

ポケットから手紙を出すと、よほど握りしめていたのか、くしゃくしゃになっていた。

今、郵便受けに戻しに行けば、何もなかったことになるとは分かっているのに、指が勝手に封を切ろうとする。ほとんど息もできなかった。封さえ切れば、すぐに楽になれる。そんな声がする。

私は封を切った。乱暴に破り捨てるような切り方だった。あとは一気に便箋《びんせん》を抜き出した。自分に何も考える暇《いとま》を与えないように、引き出した便箋を広げて、すぐに読んだ。

六畳一間の狭いワンルームだった。何にもない部屋だった。引っ越しを手伝ってくれた母から「もっと女の子らしくしなさいよ」と笑われるほど何の飾り気もない部屋だった。まだ暖房もつけていない部屋は寒くて、床の冷たさが服に染み込んでくる。

負けず嫌いな子供だった。自分が優秀だとは思っていなかったから、負けないように、人一倍努力してきた。ただ、努力しても、どうにもならないことがあると、大人になって初めて知っただけのことだった。

手紙を読み終わったのが先だったのか、涙が溢れ出したのが先だったのか、今ではもう思い出せない。私は何度もその手紙を読んだ。泣きながら読み、読みながら泣いていた。

手紙は、大学生の孫へ宛てられた祖母からのものだった。暗いところで書いているから字が下手《へた》くそだけど……、と前置きされた文面には、まるで小学生のような文字が並んでいた。

「おばあちゃんも若いころ独りで働きに出たときは、寂しくて、心細くて、泣いてばっかりやったよ。でも、一生懸命がんばれば、トモダチもできる。みんなに可愛がってもらえるよ。

貴方《あなた》も独りで寂しいやろうけど、我慢してがんばりなさい。大学を辞めたいってお母さんに相談したらしいけど、お母さん心配してましたよ。おばあちゃんはがんばってほしいけどね。

最近、自炊を始めたらしいですね。体だけは丈夫にして下さいね。野菜なんかは何日も保《も》つものだから、まとめて買っておいて、ちょっとずつでもいいから毎日食べなさいよ。

もう遅いから寝ますね。また手紙書きます。貴方も暇があったら手紙下さいね」

一年後、私は会社を辞めた。再就職したのは、辞めた会社に比べると、かなり小さな所で、給料もガクンと落ちたが、それでもチャンスは与えてもらえ、それに応《こた》えようと一生懸命働いた。

無我夢中で十五年働き、五年前、社長の支援もあって独立することもできた。籍は入れていないが、一緒に暮らして八年になる相手もいる。最初で躓《つまず》いた人生だったが、あの躓きがなければ、ここまで来られなかったような気もする。

手紙を持って、何度、大学生の部屋へ謝りに行こうとしたか分からない。玄関先まで行って、勇気が挫《くじ》け、何度引き返しただろうか。自分がとんでもないことをしてしまったと、とつぜん体が震え出す夜もあった。

似たような封筒を買ってきて、おばあさんの字を真似《まね》ようとしたこともある。だが、玄関先に立っても、新しい封筒に宛て名を書いても、最後の一歩が踏み出せなかった。

一度だけ、それらしき大学生と廊下ですれ違ったことがある。玄関先まで行き、やはりチャイムを押せずに戻ろうとしたとき、彼らしき男性が可愛い女の子を連れて戻ってきたのだ。

彼が「こんばんは」と明るく挨拶《あいさつ》してくれた。許されたわけでもないのに、なぜか全身から力が抜けた。

彼は来年入るらしいゼミのことを彼女に説明していた。そこでやっと自分のやりたかった勉強ができる、と。

二十年後の今も、私はこの手紙を手放せずにいる。

モダンタイムス

その男は駅の待合室にぽつんと座っていた。

特急や急行はもちろん、鈍行でさえ一時間に一本ほどしか通らない山間《やまあい》の小さな駅だった。無人駅ではなかったが、そのとき駅員の姿はなく、ストーブの炎の熱だけが待合室にこもっていた。

寒風から逃れるように待合室に駆け込んだ僕を、その男はちらっと見つめ、またストーブの炎に視線を戻した。

まるで他人の部屋に、間違えて入ってしまったような気持ちがして、わざと無関心を装い、壁に貼《は》られた時刻表を見に行った。

男は裾《すそ》の長いコートを着て、高そうな革靴を履いていた。服装がそう思わせるのか、一見して地元の人でないことは分かった。

その日、母親に頼まれて、この駅の近くに暮らす叔父《おじ》の家へ何か荷物を届けた帰りだった。酒だったか、みかんだったか、とにかく届けに行くのを最後まで面倒臭がっていた記憶だけはある。

次の上り電車まで、まだ二十分以上あった。

ベンチは一つ空いていたのだが、そこへ座ればじっと炎を見つめるその男とストーブを挟み、向かい合うことになる。

かと言って、その人の隣に座るわけにもいかず、狭い待合室には時刻表の前以外に立つ場所もない。

仕方なく、寒いホームへ出ることにした。サッシのドアを開けると、ホームを駆け抜けてきた寒風が、一瞬にして待合室の空気をからめとる。

慌ててドアを閉め、薄暗いホームに出た。吹きつけてくる寒風に背を向けると、どこまでも冷えた線路が伸びていた。

氷のように冷たいホームのベンチに、五分ほど我慢して座っていたが、学生服の上にコートも羽織らず出てきたせいで、手足の感覚がなくなりそうだった。たまらず待合室へ引き返すと、その人はまだじっと炎を見つめていた。

ストーブを挟んだ前のベンチに座り、凍えた両手を擦《す》り合わせていると、「高校生?」と、その男が訊《き》いてきた。

「……あ、はい」

「この辺に住んでるの？」

「いえ、家は市内ですけど、この近くに親戚《しんせき》の家があるんで……」

男は「そう」と短く応《こた》え、また炎へ視線を戻した。

短い会話だったが、狭い待合室の妙な緊張感だけはとけた。

「この辺の方ですか？」

違うとは分かっていたが、声をかけてくれた礼のつもりで訊いてみると、男が小さく首をふる。

「……飛行機に乗るのが好きでさ」

短い沈黙のあと、男はそう呟《つぶや》いた。一瞬、話の繋《つな》がりが分からず、「え？」と首を傾《かし》げると「……たまにふらっと飛行機に乗って旅行するんだよ」と答える。

「飛行機？」

「そう。休みの日なんかに、羽田からふらっと飛行機に乗って、こういう知らない町に来て、帰る。ただ、それだけなんだけどね」

男の話を聞きながら、二年ほど前に完成した地元の空港の様子を思い描いた。まだ利用したことはなかったが、一度だけ友人たちと見学に行ったことがある。

「知らない町に来て、それですぐに帰るだけなんですか？」

「そう、それだけ。……ただ、たまに時間があると、こうやって適当に電車に乗って足を伸ばすこともあるけど、それにしても、時間がくれば空港へ戻って、そのまま東京へ帰るだけ」

男の口調は、その行為を自慢している風でもなく、照れている風でもない。

「でも、なんでこんな所で降りたんですか？　こんな駅、別に何もないのに……」

「電車の中から、渓流が見えたんだよ。それでちょっと降りてみようと思ったんだけど、結局、降りていけなくて……」

「ああ、川だったら、いったん向こうの橋を渡って戻れば、そのまま降りられたのに」

「そうなんだ？　でも、橋って線路しかないだろ？」

「そこの橋じゃなくて、もう一つ向こうの」

男がちらっと腕時計を見たので、会話を遮《さえぎ》られたような気がして、それ以上は何も訊けなかった。男はまたストーブの炎を見つめた。そして僕は炎を見つめる男を、ちらちらと盗み見ていた。

国内とはいえ、飛行機のチケット代がそう安いとも思えない。しかし、この男は休日にふらっと何の目的も持たず、飛行機に乗れるのだ。そんな話を聞いたせいか、男のコートや革靴や腕時計が急に高価なものに見えてくる。

男のコートや革靴や腕時計を通して、東京を見ているようだった。テレビや映画に出てくるような華やかな生活を、その男を通して見ていた。

「……金持ちなんですね？」

年齢が離れているせいもあって、自分でも不思議なくらい自然に訊けた。

「え？　なんで？」

男が驚いたように訊き返してくる。そこに謙遜《けんそん》するような色はない。なので、逆にこちらが驚いて「だって、ふらっと飛行機に乗るなんて」と言い返すと、「あ、ああ」と頷《うなず》いた男が「たまにだよ、ほんとにたまに」と、今度は照れ臭そうに首をふる。

「……今んとこ、まだ家族もいないし、他に趣味って趣味もないから」

「それにしても……」

「いや、ほんとに」

「あの、どんな仕事されてるんですか？」

目の前の男に、というよりも、目の前の男を通して見える「東京」という町に興味があった。

ここで偶然知り合った男の生活に触れることで、高校卒業後の進路も決まっていない自分にも、何か世界が広がるような期待さえあったのかもしれない。

「仕事?」

男はそう訊き返してきたが、それでもさらっと誰でも知っている有名な自動車会社の名前を言った。ちょうどその当時、従兄《いとこ》が欲しがっていたのがこのメーカーの車で、そのせいもあり、たまたま数日前にテレビでやっていたそのメーカーのドキュメント番組のことを覚えていた。

「すごいですね！　すごくでかい会社ですよね」

「そうだね、会社はね」

「この前、テレビでやってたんですよ」

高層ビルのオフィスやヨーロッパ市場拡大作戦のことなど、興奮して喋《しゃべ》り出した僕の話を、男は少し居心地悪そうにしながらも黙って聞いていた。

ちょうどそのころ、駅員が戻り、「そろそろ、上りが来ますよ」と一言告げて事務室へ入った。しばらくすると遠くで踏切の警報が鳴り、ゆっくりと電車が近づいてきた。

小さな児童公園のベンチに腰かけて、目の前に建つ十階建ての社宅を見上げていると、後輩が唐揚げ弁当を買って帰ってきた。

「すいません。遅くなって、なんかすげぇ混んでて」

弁当とお釣りを受け取ると、飲みかけの烏龍茶《ウーロンちゃ》を一口飲んだ。

「これ食ったら、西棟のほう回りますか？　先週、ちょっと当たりのいい部屋があったんですよ」

すでにごはんを口に詰め込みながら、後輩が訊いてくる。

「当たりがいいって、どれくらい？」

「いや、まだ奥さんに説明までは出来てないんですけど、子供が出来るんで、そろそろこの辺に一戸建てを買おうって旦那《だんな》と相談してるって」

「そういうところは口だけだよ。実際、ガキが出来たら金かかるし、狭くても社宅に残ってしばらく様子みるって。それより、この前、太田が当たってた東棟は？」

「あっちは、ほとんどリストラみたいっすよ。自動車業界も今、厳しいんっすねぇ。まぁ、早期退職の退職金やなんかで、それを機に住宅購入考えてるところもあるみたいっすけど。うちみたいな弱小不動産屋の話を聞いてくれるかどうか……。それに、どっちみち、今から当たったって手柄は全部太田さんチームなんでしょ？」

どこまで買いに行ったのか、口に入れた唐揚げが冷えていた。うまくもない唐揚げにソースをたっぷりかけて口に放り込む。

十階建ての社宅の影が、児童公園の半分を覆《おお》っている。日を浴びた砂場で、まだ幼い女の子が二人、熱心に砂を集めて遊んでいる。社宅の向こうには巨大な自動車工場がある。

今年一杯でその半分が閉鎖されるらしいが、おそらく一万単位の従業員や家族が、この工場で働き、この社宅に住んでいるのだ。

「昔さ、この会社で働いてる人と、田舎《いなか》の駅でばったり会ったことがあるんだよ」

とつぜん口を開いた僕を、箸《はし》をくわえたままの後輩が見る。

「この社宅に住んでる人っすか？」

「いや、そこまでは知らないよ。それにもう十五年くらい前の話だし」

後輩が興味なさそうに「へえ」と頷き、またごはんをかき込み始める。

「ヘンなもんだよな。その人がここの社名を口にしたとき、なんていうか、世界を飛び回ってるビジネスマンを勝手に想像したんだよ。同じ会社でも、社長からライン作業員までいろいろいるのにさ」

独り言だと思っているのか、後輩は返事もしない。

「おい、聞いてんのか？」と肘《ひじ》で突くと、「聞いてますよ。……で、何者なんですか？　その人」と顔を歪《ゆが》める。

「何者って……、ただ、駅で偶然会っただけだよ」

「一回だけ？」

「そう一回だけ」

話はそこで終わった。互いに無言で弁当を食べ終わり、煙草《タバコ》を吸って、飛び込み営業を再開させることにした。また、開けてもらえないドアのチャイムを押し続ける時間が始まるのだ。

西棟のエレベーターに乗り込もうとすると「あ、そういえば、この前の日曜も飛んだんですってね」と後輩が笑いかけてくる。

「どこ行ったんすか？」

「大分」

「大分？　なんでまた？」

「羽田に着いて、すぐに乗れそうなの選んだら大分だったんだよ」

「それにしても豪勢な趣味ですよね～」

「そうか?」

「そうですよ」

「なんかさ、ほんとにスッとするんだよ。ストレスが溜《た》まってるってわけでもないんだけど、空港行って、適当に飛行機乗って、知らない町に行って帰ってくると、なんかがスッとするんだよ」

エレベーターは最上階に向かっている。

男と女

その広場は、ふいに慎吾の前に現れた。

取引先での打ち合わせが終わったあと、車で事務所へ戻ろうとしたのだが、いつも使っていた道が工事で通行止めだった。

大通りへ出る案内板は出ていたが、近道をしようと細い道へ入ったのが失敗だった。古い住宅街にはまり、一方通行ではないが、進めば進むほど道幅は狭くなる。

道に迷っているときというのは、時間があっという間に過ぎるもので、佐藤さん宅の玄関先で行き止まりになり、園部第二アパートを二周も三周もしているうちに、あまりのはまり具合に、だんだん可笑《おか》しくなっていた。

広場に出たのは、久しぶりに信号のある小さな通りへ出たときだった。コンビニがあったので、お茶でも買って気を紛らわそうかと思っていると、ふと、このコンビニに見覚えがあることに気がついた。遠いほうのコンビニだ。

コンビニの先に、間違いなくあの広場があるはずだった。

慎吾はコンビニの前に車を停《と》めると、しばらく車内から路地の奥に一部だけ見える広場を眺めた。路地を歩いている人はいないが、広場をすっと横切っていく人影がいくつか見える。

広場は駅へと通じる遊歩道にあった。考えてみれば、あのころ、数え切れないほどこの駅を降り、数え切れないほどこの広場を通って、彼女のアパートへ通った。目的地が彼女のアパートで、たまに食事に出るとしても駅のほうだったので、その先であるこの辺には足を踏み入れたことがなかった。

自分が今までずっと迷っていた場所は、あの広場と近かったのだ。慎吾はこれほどまで道に迷った自分が馬鹿らしくもあり、偶然、見つけた広場が懐かしくもあり、エンジンを切って車を降りた。


大学を卒業したばかりのころだった。まだ二十二歳、時間はたっぷりあり、やる気になれば何でもできるし、たとえ道を間違えても、やり直しなどいくらでも可能だと思っていた。

大学を卒業後、とりあえず仕事に就いた。どうしても入りたかった会社というわけではなく、数社受けたうちにやっと受かった会社だった。

入社して、しばらく働いてみても、自分がここで一生を終えるイメージなど浮かばず、とにかく今は奨学金を返済し、金を貯めて、仕切り直すための時期だと考えていたのだが、日々の仕事に追われているうち、先にあるゴールではなく、明日くる、もしくは来週の月曜日にくるゴールばかりを、知らず知らずに見ている自分がそこにいた。

当時、ゆりこという女と付き合っていた。大学のころ、同じサークルの先輩の彼女だったゆりこを、半ば強引に誘って横取りしたのだが、当然、サークルは除籍、先輩には絶交された。

特に仲の良い先輩でもなかった。どちらかといえば、なんでこんな男に、ゆりこのような女がくっついているのか不思議なほど、自己顕示欲の塊《かたまり》で、酔えば自慢話ばかりしていたし、酔ってなくても、そろそろ髪型を変えたいという話を一時間もぶっ通しでできるような男だった。

先輩の目を盗んでデートに誘った。サークルの集まりが終わったあとの喫茶店だった。心の準備はしていたが、それがバレないようにあくまでも軽い感じで誘った。

慎吾の軽すぎる誘い文句を聞き終わると、ゆりこはとても長い時間、まっすぐに慎吾の目を見つめてきた。自分が馬鹿にされているのか、それとも相手が真剣なのか、確かめているようだった。

その気配に押されて「今度の日曜日、四時ごろ、駅の前で。だめ……、かな?」と、改めて尋ねた慎吾の声はどこか腰の引けた感じだった。

「いいよ」とゆりこは言った。そう言ったきり、他には何も聞かずに、みんなのあとを追いかけた。

当日、約束の時間に五分ほど遅刻して待ち合わせ場所に行くと、すでにゆりこの姿があった。遅刻したことを詫《わ》び、なんとなく二人の足が向いていたほうへ歩き出した。

デートの最中、絶対に先輩の話はしないと、前から決めていた。すれば、先輩には悪いと思っているという心にもない嘘《うそ》をつきそうで、逆に、彼女のほうからその話題が出れば、かなり脈があるはずだった。

「今日のデートコース、AコースとBコース、二種類あるけど、どっちにする?」

駅前から歩き出すと、気安い口調でゆりこに訊《き》いた。

「AコースとBコース?」

ゆりこが首を傾《かし》げる。

「ちなみにAコースは映画→食事→ホテルの順番。で、Bコースは、ホテル→食事→映画」

ふざけた口調で、でも、真剣な顔で言った。

「どっちもホテルが入ってるじゃない」

機嫌を悪くするのではないかと心配していたのだが、なんとゆりこは「じゃあ、Aのほうで」と笑って答えた。

「え？」

思わず、こっちが訊き返した。真剣な口調で、でも、ふざけた顔で。

「冗談よ」

「あ、冗談か」

結局、映画館へ向かっていた。

好きで好きで仕方がなく、先輩の目を盗んで告白したわけではなかった。もちろん、ずっと気にはなっていたが、先輩の彼女だからと思えばこそ、駄目で元々、断られても傷つかないだろうと、ずるい考えが背中を押してくれたところもあった。

その後、ゆりことは週末のたびに会うようになった。こちらの作戦では、決して先輩の話題は出さないはずだったのだが、二度、三度と映画や食事を共にするにつれ、「俺と会ってるのは、暇つぶしだろ?」などと、作戦台無しの、みっともない台詞《せりふ》を吐いている自分がいた。

後に分かったことだが、このときすでにゆりこと先輩の関係はほとんど終わっていたのだ。別れたがっているゆりこの気持ちを、あとは先輩が承知するだけだった。

二人が別れ、晴れて慎吾はゆりこと付き合った。好きで好きで仕方がなかったわけでもないのに、気がつけば、彼女に好かれたくて好かれたくて仕方がなくなっていた。

大学の最後の一年を、ほとんどゆりこと二人で過ごした。金がなかったので、いつもゆりこが当時借りていたアパートだった。

雑誌を買う金ももったいなくて、駅前にあった旅行代理店から、よくパンフレットを何冊も持ってきて一緒に眺めた。

パリ、ロンドン、アムステルダム。または、パリ、台北《タイペイ》、上海《シャンハイ》など、行きたい順に並べたり、行く金もないのに、料金を詳しく二人で調べたりした。それだけで楽しかった。それだけで幸せだった。

その後、互いに大学を卒業し、ゆりこは希望した職種に就き、慎吾はゴールを先に伸ばした。

日々の忙しさの意味が違った。週末にたまった疲れの質が違った。気がつけば、一緒にいても、慎吾は愚痴ばかりこぼすようになっていた。

ゆりこに別れ話を切り出されたとき、慎吾は自分でも驚くほどあっさりと承知した。自分の環境を変えないと、自分が変われないような、そんな不安で押しつぶされそうなころだった。アパートを出るとき、ゆりこの目に少しだけ涙が浮かんでいた。

別れて、一ヶ月経ったころ、慎吾はゆりこに電話をした。まだ受け入れてもらえる自信があった。案の定、ゆりこは慎吾の訪問を許した。別れたはずなのに、別れる前よりも強くゆりこを抱いた。

それからまた連絡をしなかった。また一ヶ月が経ったころ、電話した。またゆりこは受け入れてくれた。

そして、二ヶ月後、そして三ヶ月後。ゆりこから連絡が入ることはなかったが、慎吾が電話をすれば、ゆりこは会ってくれた。

仕方なく入った会社だったが、仕事を覚え、次第にやりがいを感じるようになっていた。そのころ、また久しぶりにゆりこに電話を入れると「好きな人ができたのよ」と言われた。

「俺たち、付き合ってるわけじゃないもんな」

ふざけた口調で言うしかなかった。ただ、ゆりこは何も答えない。

「会いたいんだ」

今度は真面目《まじめ》にそう言った。受話器からゆりこの声は聞こえない。

「これから、行くから」

そう言った。返事がない。いつものことだった。別れてからは、電話をしても、会いたいと言っても、ゆりこは何も言わずに、ただ慎吾のことを受け入れていた。喜びもせず、不平も言わず。

慎吾はタクシーを飛ばして、ゆりこのアパートへ向かった。

いつもなら、直接アパートを訪ねるのだが、この夜、なぜかかなり手前で車を降りた。訪ねても、ゆりこが受け入れてくれる自信はあったが、これまでのように無神経を装って受け入れてもらう自信がなくなっていた。

遊歩道の小さな広場に入り、落書きだらけの公衆電話からゆりこに電話をした。ゆりこはすぐに出た。

「俺、お前のこと、やっぱり好きなんだ」

短い沈黙のあと、それだけ言った。心のどこかでゆりこが喜んでくれるのではないかと期待した。

「……私ね、もう慎吾のこと、好きじゃないよ」

聞こえてきたのは、そんな言葉だった。

「でも……」

でも、これまで連絡を入れれば会ってくれたじゃないか。好きじゃないんだったら、なんでこれまで会ってくれてたんだよ。

今にもそんな言葉が口から飛び出しそうだった。そんな言葉を無理に呑《の》み込み、

「……知ってるよ」とだけ答えた。「俺たち、もう別れてんだもんな」と。

ゆりこは何も言わずに電話を切った。

好きではないからこそ、平気で会えるようになることもあるのだ。遊歩道の小さな広場にベンチがあった。気がつくと、肩を震わせて座り込んでいた。

小さな恋のメロディ

彼女が星野辰也に再会したのは、ネットのサイトがきっかけだった。彼女はフリーのライターで、主にレストランの紹介などフードものを得意としていた。

ある日、何度か仕事をしたことのあるカルチャー誌の新人編集者から電話がかかってきた。

時期的に鰻《うなぎ》料理屋の特集を頼まれるのだろうと彼女が思っていると、短い挨拶《あいさつ》のあと「実は、再来月号でシングルモルトの特集考えてるんですよ」と言われた。

「え？　シングルモルト？　私でいいんですか？」

一瞬、かける相手を間違えたのかとも思ったが、彼はさっきから確かに自分の名前を呼んでいる。

であれば、根本的に誰かと間違えているのかもしれない。誤解なら早目に気づいてもらうほうがいい。しかし、彼が本当に間違えているのかどうかが分からない。

「お酒と言えば、この前は、遅くまでお疲れさまでした」

かまをかけるつもりで彼女がそう言うと、しばらく沈黙が続いた。やはり何か勘違いしているのかと思ったが……。

「ああ、この前！　最後、西麻布の占い師がいる飲み屋に流れたときですよね？　いやいや、ほんとにお疲れさまでした。中尾さんがあんなに飲む方とは……」

場所も、メンバーも間違えていなかった。ちなみに中尾さんというのは、最近、独立して店を持った寿司《すし》職人で、取材の打ち上げをかねた飲み会だった。

「あの、私は大丈夫ですけど……、私でいいんですか？」

中尾さんの印象から、話が占い結果のほうへ広がりそうだったので、彼女は改めて尋ねた。

「モルト好きの俳優さんなんかに、インタビューしてもらう感じですから」

電話を受けてから、すぐに情報収集を始めた。物語を伝えるには、まずは情報収集、そして集めた情報を微塵《みじん》も出さないのがコツだ。

手始めにネットでいろんな店や記事を集めた。シングルモルトは人気の酒で、ファンサイトのようなものだけでもかなりの数がある。

結果、彼女が行き当たったのは、シングルモルトを多数揃《そろ》えたバーの店主たちが情報交換の場所として立ち上げているサイトだった。北海道は旭川《あさひかわ》から、沖縄の宮古島《みやこじま》まで全国のバーが網羅され、それぞれの店が紹介されている。

都内のバーも数軒あって、中に以前行ったことのある店もあった。誰と行ったのかは思い出せないが、アップされた店内の写真が、なぜかせつない気持ちにさせる。隣に誰がいたのかも分からないのに、そこでせつない思いをしたことだけは覚えているなんて、私も年を取ったもんだ、と彼女は思った。

店のラインナップに郷里の店が一軒だけあった。

五年前に母、その一年後に父が亡くなり、姉夫婦だけが残る実家には、最近ほとんど帰っていない。

姉妹仲が悪いわけではなく、逆に仲が良いからだと思うのだが、片や三人の男の子の母親、片や未《いま》だ独身のフリーランスとなれば、一時間も話していると互いの生活に何かしら文句をつけたくなる。

一軒だけあった郷里のバーをクリックすると、田舎《いなか》のイメージからほど遠い重厚なバーの店内が現れた。磨き上げられたカウンター、深紅のベルベットが張られた壁などは、銀座の一流バーに負けていない。

興味が湧《わ》いた彼女は、店主のプロフィールを見て驚かされた。写真には面影がなかったが、星野辰也という名前にピンときた。

彼女は改めて写真を見た。じっと見ていると、そこに写った男の顔が、二十年の時間を徐々に遡《さかのぼ》っていく。


高校時代、彼女は水泳部に所属していた。中学時代はそこそこのタイムを出していたのだが、高校に入るといくら練習してもタイムは伸びず、半分嫌気が差し、半分そんな自分に自分で言い訳するように、気がつけば選手というよりもマネージャー業を優先させていた。

星野辰也はこの水泳部の一年下の後輩だった。中学のころは野球部だったのだが、なぜか高校に入ってとつぜん水泳部に入ってきた。

新入生の記録会では全種目惨憺《さんたん》たる結果で、バタフライと背泳ぎに関しては百メートル完泳できなかった。

わりと名門の部だったので、泳げない彼は目立った。一番タイムの遅い女子選手が泳ぎ終わってプールを出て、タオルで髪を拭《ふ》き始めても、まだ最後のターンが残っているような有様だったのだ。

それでも彼は毎日楽しそうに練習にやってきた。みんなについていけない彼のために、特別に作られた練習メニューを、一番端のコースでひとり淡々とこなしていた。一ヶ月が過ぎ、二ヶ月が過ぎ、いよいよ夏になり、屋外プールでの練習が始まった。

息苦しい室内プールでは、みんな自分のことに精一杯で、端のコースで泳ぐ彼のことなど見ていなかったのだが、いよいよ青い空の下、きらきらと日に輝くプールでの練習が始まると、その解放感から余裕が出たのか、端のコースで泳ぐ彼のフォームやスピードが別人のようになっていることに気がついた。

そんなとき、ひと月後に迫っていた新人戦の記録会が行われた。一番、自己タイムを縮めたのは、もちろん彼で、元々得意だったフリーでは、なんと七人いた一年生の中、堂々の三位入賞だった。

ほとんど彼のことを見ていなかった顧問の先生も、彼の躍進に驚いた。とても無口で全く感情を出さない先生だったが、泳ぎ終わった彼に近づき、「よく頑張ったな」と、いつのまにか筋肉のついたその肩を叩《たた》いた。

その後も彼はものすごい勢いで自己タイムを更新していった。元々、素質があったのだろうが、泳げば泳ぐほど、いや、ひと掻《か》き、ひと蹴《け》りするごとに、面白いようにタイムが伸びたのだ。

一年後、二年生になった彼は、同級生はもちろん、三年生を含めた全部員の中でも、フリースタイルでは三番目に速い選手になっていた。

その年の夏、彼は高校総体のリレーメンバーに選ばれた。リレーメンバーに選ばれたのは、二年生では彼一人だけだった。

そしてこの大会で、彼らはライバル校をコンマ数秒でかわして優勝し、一ヶ月後に沖縄で開かれる全国大会への出場権を手に入れたのだ。

全国大会には、このリレーメンバーの他、背泳ぎで優勝した女子部員が一人、それに顧問の先生からマネージャーとして参加を求められた彼女の六人編成だった。

六人とも初めての沖縄だった。二年生で一人参加する星野にとっては、初めての飛行機でもあり、先輩の鞄《かばん》を持たされながらも空港に着いたときから興奮していた。

リレーも、女子の背泳ぎも、残念ながら全国大会で決勝に進めるタイムではなかった。そんなこともあり、四泊五日の沖縄旅行はどこかのんびりとしたムードが漂っていた。

幸い、リレーも背泳ぎも、後半二日のスケジュールだったので、沖縄に到着したその日に、みんなでムーンビーチへ行った。

顧問の先生も特に咎《とが》めることもなかった。競泳用の水着で、白い砂浜を駆け回り、海に入ればスイスイと沖合まで泳いでいく彼女たちは、ビーチでもとても目立っていたはずだ。

その夜、安ホテルでの量の少ない夕食を済ませると、一時間後には空腹になり、彼女と星野が少し離れたところにあるマクドナルドへ買い出しに行くことになった。那覇《なは》市内の郊外で、椰子《やし》の原生林が残っているような場所だった。青い月に照らされた椰子の葉が、南国の夜風に揺れていた。

「私たちが引退したら、星野くんがキャプテンだよ」

「先輩は卒業したら東京に出るんですよね」

そんな会話をしながらの、心地よい夜の散歩だった。

マクドナルドは暗い県道の一本道にぽつんとあった。広い駐車場に椰子の木が並び、青い照明でライトアップされていた。

明るい店内に入ると、二人でレジに並び、メモ帳に書いてきたみんなの分を注文した。応対してくれた店員の女の子は、紅茶色の肌をしたどこかエキゾチックな少女だった。一つにまとめられた黒髪が店の照明にきらきらしていた。

大量のハンバーガーを二人で抱え、また夜道をホテルへ向かって歩き出した。来るときには明るく喋《しゃべ》っていた彼が、なぜか黙り込んでいた。そして、何度も何度も、遠ざかるマクドナルドを振り返っていた。

翌日、午前中に会場のプールで少し泳いだ。飛び込み台やタッチ板の具合、そして何よりも水の感触を身体《からだ》に馴染《なじ》ませた。短い練習を終え、午後は顧問の先生に連れられての那覇観光だった。

途中、立ち寄った雑貨店で、可愛い小物入れを熱心に見ている星野辰也の姿があった。妹へのお土産《みやげ》でも買うのだろうかと尋ねると、彼は「いや、違います」と生《き》真面目《まじめ》に首をふった。

と、そこへ別の男の子が寄ってきて「あ、星野、マジかよ。お前、ほんとにそんなもん、その子に渡すつもりかよ」と冷やかす。

「その子って？」

「いや、昨日、マクドナルドで一目惚《ひとめほ》れしたんだって」

一瞬呆気《あっけ》にとられたが、帰り道、話しかけても生返事ばかりを繰り返していた彼の姿が目に浮かんだ。

結局、彼はその夜、もう一度マクドナルドへ行ったらしい。男の子たちが面白がってついて行ったようだが、さすがに中までは入らず、外から彼の様子を窺《うかが》った。

幸い、彼女はレジにいた。数組、客が並んでおり、彼はじっとレジがあくのを待っていたという。

やっとレジがあいて、彼は真《ま》っ直《す》ぐに彼女の元へ進み出た。雑貨店できれいにラッピングしてもらったプレゼントと、短い手紙を彼女に渡す。手紙には、その夜、仕事が終わるころ、外で待っていると書かれてあった。

彼女はとても驚いていたらしい。普通に注文を聞こうとしたところ、突然そんなものを渡されれば、誰だって目を丸くするに違いない。

プレゼントと手紙を渡すと、彼は何も買わずに店を出てきた。男の子たちに冷やかされながら、彼は暗い夜道を足早に歩いた。何度も何度も、フーッと大きく息を吐きながら。

その夜、彼は一人でホテルを抜け出した。男の子たちも、もう面白がってついては行かなかった。戻ってきた彼の手には、渡したはずのプレゼントがあったらしい。

ネットで偶然彼の名前を見つけ、すぐにメールを出した。彼から返信があったのは翌日で、とても懐かしがってくれている文面だった。彼女が書いた雑誌の記事などを読んだこともあると書かれてあった。

最後に、翌週、東京へ行くから時間があれば会いましょうとある。彼女は、喜んで、とメールを送った。

ほぼ二十年ぶりに再会したのは、彼の友人がやっている代々木のバーだった。なんでも若いころ、同じバーで修業していたことがあるらしく、一緒にシングルモルトの聖地アイラ島へも行ったことがあるという。

二十年ぶりの再会は、思い出話と仲間たちの近況報告であっという間に時間が過ぎた。彼の薬指に結婚指輪があるのは、最初から分かっていたが、敢《あ》えて尋ねないままでいた。

お互いに楽しく飲んで、そろそろ店も閉店となったころ、彼女は沖縄での一件を口にした。彼は照れ臭そうに「やだな。よくそんなこと覚えてますね」と笑った。

そんな彼の様子を眺めながら、薬指の結婚指輪に目が行った。もしも彼の奥さんが、いや、そんなことはあり得ないのだが、もしもあのときのあの子だったらと、なぜか期待している自分がいた。

踊る大紐育《ニューヨーク》

ニューヨークは秋が一番美しいという。

小沢尚人がニューヨークに到着したのは、九月の中旬、まさにこの街が一番美しい季節を迎えたころだった。

ただ、あいにく気分は最悪で、ロサンジェルスから一緒に大陸横断してきた雨宮《あまみや》は、一人でタクシーを拾って尚人の前から姿を消していた。

元はと言えば、この雨宮に、「なぁ、大学最後の夏休みだし、どうせお互い彼女もいないんだから、車でアメリカ大陸横断でもしてみないか?」と誘われたのが始まりで、金のなかった尚人があっさりと断ると、よほど行きたかったのか、さすがに一人では心細かったのだろう雨宮は、「分かった。往復のエアチケットとレンタカー代は、俺が持つ!」と、尚人の鼻先にかなりデカい人参《にんじん》をぶらさげた。

元々、雨宮の実家は金持ちで大学入学のお祝いに息子へ車を買ってやるような親だった。

この人参を前に、尚人はすぐにやってくる夏休みのことを考えた。どうせ日本にいたってバイト漬けの日々を送るだけ、焼き鳥やビールを運んでも一日たったの六千円、それを休みなく一ヶ月続けても十八万円にしかならない。片や無料でごきげんドライブ、片や汗まみれでアルバイト。尚人はさほど悩むこともなく、「いいねぇ、アメリカ。二人で愉《たの》しくやりましょ！」と、雨宮の肩を叩《たた》いていた。

出発は八月の中旬だった。お盆時期ではあったが、なぜか神様が二人を祝福してくれるように、たまたまロサンジェルス行きの格安チケットが二席だけ空いていた。四週間をかけてのアメリカ横断。出発の三日前から眠れぬほどの興奮状態だった。

ロサンジェルスで車を借りて、ヨセミテ、ブライスキャニオン、アーチーズなどの国立公園を、わりと時間をかけてのんびりと回った。

次々と目の前に現れる雄大な景色に、正直、腹を抱えて笑い出したいほどだった。

事件が起こったのはグランドキャニオンからモーテルを探して田舎道《いなかみち》を走っているときで、ハンドルを握っていた雨宮が居眠り運転でもしていたのか、対向車にぶつかりそうになり、慌ててハンドルを切ったまでは良かったが、そのまま休耕中の畑に突っ込み、車が横倒しになってしまったのだ。

幸い、どちらにも怪我《けが》はなく、すぐにレンタカー屋がなんだかんだと処理してくれたのだが、今後一切、車には乗らない、と雨宮が言い出した。

金持ちのボンというのは、いったん言い出すとあとには引かない。いくら説得しても「乗らない」の一点張りなのだ。

そこで、「じゃあ、帰るのか？」と訊《き》けば、「いや、帰りのチケットは変更ができないから、予定通りに先へ進む。でも、交通手段は飛行機だ」という。

まずは飛行機でフロリダへ行き、そこから今度は最終目的地のニューヨークへ向かうのだ、と。

「飛行機代、出してくれるんだったら、俺はいいよ」と尚人は言った。金持ちのボンは、わりと聞き分けがいい。が、雨宮の口から出てきたのは、「半分なら出すよ」という無情な答えだった。

雨宮の財布を見込んで、金は食費くらいしか持参していなかった。とつぜんそんなことを言われたら「それなら、俺を殺してから行け！」と大の字で横になるくらいしか方法がない。

かといって、ほんとに置いて行かれたら洒落《しやれ》にならない。目の前の雄大で美しかった景色が、とつぜん不便で寂しい僻地《へきち》に見えてくる。

仕方なく、有り金を叩《はた》いて飛行機で移動することにした。が、予想通り、仲違《なかたが》いした男二人でフロリダのビーチに寝そべっていたってクソ面白くもない。最悪の一週間をフロリダで過ごし、いよいよニューヨークに降り立ったのが、街が最高に美しいらしい秋が始まるころだったのだ。

フロリダでは食事も別々にとっていた。尚人がモーテルの部屋にいれば、雨宮が外出し、雨宮がいれば、尚人がビーチを散歩していた。

ニューヨークの空港に着くと、さすがに雨宮も我慢の限界だったのか、帰りのチケットだけを尚人に渡して、さっさとタクシーで姿を消した。残された尚人は清々したが、財布にはあと五十ドルほどしか残っていない。五十ドルで一週間。雨宮がいないということは寝る場所もないということになる。

ちょうどタクシー乗り場に日本人の男子学生が三人立っていた。一週間たったの五十ドル。こうなったら恥も外聞もない。尚人は早速声をかけ、一緒に乗せていってくれないかと誘った。

一瞬、渋い顔をされたが、「割り勘にすれば安くなるし」と尚人が提案すると、わりとあっさりと承諾してくれた。車内では三人を笑わせ、怪しい人間ではないことを伝えた。いざとなれば、この三人に金を借りるしかない。

タクシーで橋を渡り、いよいよマンハッタン島へ入ると、とつぜん自分が憧《あこが》れのニューヨークに来たのだという感慨が湧《わ》いてくる。

正直なところ、もし雨宮の計画にニューヨークが入っていなければ、いくら無料だと言われても断り続けていたに違いない。ただ、この街の何がそんなに自分を引きつけるのかが分からない。三人を笑わせることも忘れ、尚人はタクシーの窓に鼻を押しつけて、聳《そび》え立つビルを見上げ続けた。

タクシーを降りると、同じく興奮していたらしい三人が、きょろきょろとビルを見上げながら歩いていく。

尚人もとりあえずあとをついて歩いたのだが、ふと、このまま消えれば、割り勘分を払わなくても済むという悪魔の囁《ささや》きが聞こえる。たかが十ドルにも満たない金額ではあるが、五十ドルしか持っていない尚人にしてみれば大金だった。

三人が話に夢中になっている隙《すき》に、尚人はすっと路地に入った。生まれて初めての乗り逃げに、心臓は音が聞こえそうなほどドキドキしたが、振り返らずにどこへ着くとも知れない道を先へ進んだ。もし見つかれば、道に迷ったと言えばいい。

　幸い、三人が追いかけてくることはなかった。自分がどこにいるのかも分からなかったが、とにかく十ドルは払わなくて済んだのだ。

　だが、タクシー代はどうにかなったとしてもこれから一週間泊まるホテルもない状態には変化がない。空港で雨宮に置き去りにされたときには、一週間空港のベンチに居ようかと思ったほどなのだ。

　東京なら公園のベンチで寝ればいいが、さすがにニューヨークで公園に寝る勇気はない。

　その日、尚人はとにかくマンハッタンを半日歩き続けた。夕方、さすがに疲れ果てて五番街のマックに入った。丸一日何も食べていなかったので、アメリカの巨大なハンバーガーさえ小さく見えた。

　いざとなったら、この店で夜を明かそう。そう思った矢先のことだった。少し離れた席で一人ハンバーガーに齧《かじ》りつく日本人らしき女の子の姿があった。リスが木の実を食べるように、小さな口でハンバーガーにかぶりついている。

　駄目で元々。悩んでいたって、状況は変わらない。

　尚人は思い切って席を立ち、日本人らしき女の子に声をかけた。とりあえず拙《つたな》い英語で日本人か尋ねると「はい」と少し驚いたような顔をする。

あとはもう自分でも何をどう喋《しゃべ》ったのか覚えていない。財布から免許証と学生証を取り出して素性を証明し、雨宮との踏んだり蹴《け》ったりな旅のこと、そして現在の状況を、周囲の視線も気にせず捲《まく》し立てた。最初、かなり引いていた女の子も、フロリダでの喧嘩《けんか》を再現する辺りから、その顔に微笑《ほほえ》みが浮かぶようになっていた。

「すいません。そこでなんですが。絶対に日本に帰ったらお金を送りますから、少しだけ貸してもらえませんか！」

テーブルに額を擦《こす》りつけるようにして頼んだ。まさか憧れのニューヨークで、着いたその日に土下座するとは思ってもいなかった。

「貸すのはいいんですけど、今、ぜんぜん持ってないんですよ。もし、良かったらうちへ来ませんか。従姉《いとこ》と住んでるんだけど、彼女なら少し現金持ってると思うから」

思わず泣き出しそうだった。そこが客の多いマックではなかったら、きっと声を上げていたと思う。

彼女に連れられ、生まれて初めてニューヨークの地下鉄に乗った。想像より乗り心地が良かった。

彼女は尚人よりも二つ年下だった。半年ほど前にニューヨークへ来て、バレエ教室に通っているという。言われてみれば、バレエをやっている女の子独特な、気持ちがいいほどの姿勢の良さだった。

聞いたこともない名前の駅で降りると、彼女のアパートはすぐだった。アパートの玄関先で数分待っていると、彼女が美術の勉強をしているという従姉を伴って降りてきた。

予想に反して従姉はかなり年上で、すでに三十を越えているように見える。彼女は気前よく五万円ほどの現金を貸してくれ、年下の従妹にワシントンなんとかにある安いホテルを教えてあげればと忠告までしてくれた。

ただ、信用してないわけじゃないけど、免許証をメモさせてくれと言うので、尚人はすぐに財布から免許証を取り出した。

彼女はバレエの練習が休みの日だったらしく、その後、ワシントンなんとかの安ホテルまで案内してくれ、五万円も借りてしまった尚人は、借りた金ではあったが、そのお礼に近所のレストランで、彼女に大盛りのサラダを奢《おご》った。

気心が知れてみれば、よく話す女の子だった。ニューヨークへ来た理由。ニューヨークでの従姉との生活。そしてこの街での失敗など、気がつけば二時間もレストランで彼女の楽しい話を聞いていた。その上、時間があれば、明日、バレエ教室に遊びに来ないか、と誘ってくれる。

時間など腐るほどあったので、喜んで翌日見学に行くと尚人は答えた。すっかり遅くなってしまったので、地下鉄で今度は尚人が彼女をアパートまで送った。借りた金ではあったが、ニューヨークで女の子を自宅へ送り届けるのは気分が良かった。別れ際、彼女はホテルがある駅の名前と、バレエ教室の地図とを書いて尚人に持たせてくれた。

空港のベンチで寝るか、二十四時間営業のマックで過ごすか、どちらにしろ地獄だと思っていた一週間が、気がつけば、こんなにも楽しく始まっていた。

翌日から毎日、尚人はバレエ教室へ通った。教室のある古いビルには、表にインターフォンがあり、初日、かなり手間取ったのだが、三日目には尚人がインターフォンを押して、二秒ほどモジモジしていると、「Ｎａｏｔｏ?」と受付の女性がすぐにドアを開けてくれるようになっていた。

教室で何をやるわけでもなかった。天井の高いフロアに、燦々《さんさん》と日が降り注いでおり、そこで彼女を含むダンサーたちが一列に並んで足を上げている。

それを尚人は中二階の小さな観客席から、飽きることなく眺めていただけだった。

練習が終わると、彼女がいろんなところに連れて行ってくれた。フェリーで自由の女神も見たし、ロックフェラービルにも上った。彼女のことを好きになったかと言えば、そうでもない。たぶん、彼女も自分を恋愛対象としてはまったく見ていなかったと尚人は思う。

いよいよ日本に帰国する日、尚人は朝早くからバレエ教室に別れの挨拶《あいさつ》に行った。彼女は短い休憩中に中二階へやってきて「一週間なんて、あっという間だね」と言った。

尚人は、「ほんとうにいろいろとありがとう」と深々と頭を下げた。

空港へ着くと、不機嫌そうな雨宮の姿があった。この一週間、さほど楽しく過ごしていなかったことが、その表情ですぐに分かる。尚人はわざと同じような表情を作った。ただ、なぜか心から、「誘ってくれて、ありがとうな」と礼が言えた。

帰国して、尚人はすぐに借りた金を送った。添えた長い手紙に彼女からの返事があって、半年ほど近況報告をし合う文通が続いた。

ただ、彼女から届く手紙は回を追うごとに短くなって、「日本に帰るかもしれない」という言葉が多くなり、あるとき、ぷつりと途切れてしまった。尚人は返事を待たずに二度手紙を送ったが、いくら待っても彼女からの返信はなかった。

ちなみにタクシー代を払わずに逃げた三人組とは、バレエの練習後、彼女に連れて行ってもらったＭｏＭＡでばったりと会っていた。

悪いことはできないものだ。尚人は、「見失っちゃってさ」と嘘《うそ》はついたが、ちゃんと割り勘分の料金は支払った。

東京画

高層ホテルの一室で、宇野雅夫が目を覚ましたのは午後の二時過ぎだった。

昨日、横浜市内のホテルで行われた従弟《いとこ》の結婚式のあと、久しぶりに会った親戚《しんせき》たちと飲むことになり、せっかく九州から出てきたのだからと、あっちの居酒屋、こっちのスナックと連れ回されて、結果、しらふだった従兄の奥さんの車で、ここ品川の高層ホテルに戻ってきたのが、深夜三時。それでもすぐに眠ればいいものを、滅多に泊まることのないホテルのベッドに寝転がると、NHKの衛星放送にも入ってない自宅より遥《はる》かにチャンネル数の多いテレビをつけて、英語も分からないくせに、CNNだの、BBCだの、果てはアルジャジーラまで見てしまい、気がつけば、窓の外がすっかり明るくなっていた。

気持ちよく酔ったままの雅夫は窓辺に向かい、東京の、驚くほど早い日の出を眺めた。

「横浜で式があるのに、どうして品川のホテルなんかとったの？　横浜と東京って離れてるんでしょ？」

ネットで探しに探した「東京二泊三日格安ツアー」を申し込んだ夜、妻の陽子はそう言って首を傾《かし》げた。

当初は子供たちも連れて四人で行くはずだったのだが、となれば軽く十五万円を超えてしまい、そこに祝儀などを加えると、家を建てたばかりの宇野家では、とてもじゃないが簡単に出せる金額ではなくなった。

「式は横浜だけど、翌日、東京にいる高校の同級生たちと飲もうと思って」

雅夫が告げると、陽子は納得し、「そうなの。杉浦くんたち？」と、もう十二年も前になる自分たちの結婚式に出席してくれた友人の名前を挙げた。

「そう。杉浦も声をかけてる。あと、島本っていう……」

「島本って、あの小説家の？」

「そう」

「ほんとに仲良かったんだ？」

「だから仲良かったって、何度も言ってるだろ」

「でも、もう二十年近くも会ってないんでしょ？　連絡取れたの？」

「島本の実家に電話したら、妹さんが連絡先教えてくれた」

「ねぇ、広太と同じクラスの花音《かのん》ちゃんって子のお母さんが、その島本って人の本、全部読んでるんだって。サインとかもらってきてよ」

「いいけど、島本ってそんなに有名か？」

「よく分からないけど、知ってる人は知ってんじゃないの」

島本とは高校の三年間同じクラスだった。たとえば、放課後に文化祭や体育祭でみんなが忙しくしているとき、雅夫がふらっと教室から逃げ出すと、そこには必ず島本の姿があるような、どちらかと言えば消極的な親交の深め方ではあったが、間違いなく一緒に過ごした時間は多い。

あれから二十年近く経った今、「親友だったか？」と訊《き》かれれば、堂々と「そうだ」と頷《うなず》けないところもあるが、当時、もしも誰かに同じ質問をされたならば、即座に二人揃《そろ》って「まさかぁ。なんでこんな奴《やつ》と」と、堂々と否定できるくらい、きっと親友だったのではないかと思う。

高校を卒業し、雅夫は地元の大学に残り、島本は東京の大学へ進学した。たまに帰省すると、真っ先に雅夫の家に連絡があり、女の子たちを誘ってドライブへ行き、飲み歩き、海水浴へ行った。

大学を卒業後、雅夫は小学校の教員になった。市内の学校で五年教え、そこで妻の陽子と出会って結婚し、その後、離島へ五年、再び市内へ戻って六年目になる。

大学を卒業するころには、島本との連絡も途絶えていた。高校を卒業して一、二年の間ならまだよかったが、三年、四年になると、お互いに別の世界がはっきりと出来、たまに顔を合わせても、もう昔話しか共通点がなくなっていた。

雅夫は結婚式に島本を呼ばなかった。一応、声ぐらいかけてみようと連絡したのだが、東京で定職にもつかずふらふらしているらしい島本は「ごめん、そっちに戻る金ないよ」と断ってきた。

式に呼んだのが、ほとんど大学時代の仲間たちだったので、正直、雅夫はほっとしたところもある。

長男が生まれ、離島に転勤になり、次男が生まれた。誰かに「今、幸せですか？」と訊かれたら、「まさかぁ。男の子が二人もいるんですよ。もう毎日戦争ですよ」と、堂々と否定できるくらいの幸福感はあり、そんな中、島本という昔の友人を思い出すこともなかった。

雅夫が久しぶりに島本の名前を耳にしたのは、離島から戻ったばかりの年に開かれた高校の同窓会に出席したときだった。

現在、島本は東京で小説家になっているらしく、つい先日、ちょっとした文学賞をもらってテレビに出ていたという。俄《にわか》には信じられなかったが、翌日、本屋へ行くと、たしかに島本の本が並んでいて、若い女性がその本を立ち読みしていた。妙な感じだった。自分と島本の間に「世間」とでも言えばいいのか、そういうとても他人行儀な何かがにゅっと差し込まれたような感じだった。


島本に電話をかけたのは、東京へ向かう二週間ほど前のことだった。会うのはもちろん電話で話すのさえ、もう十年以上ぶりになる。

本なんか出すようになり、いけすかない奴になっていたら、すぐに切ってやろうと思いながら雅夫はかけたのだが、しばらく鳴った呼び出し音は留守電に変わってしまった。一瞬、切ろうかとも思ったが、とりあえず名前と二週間後に東京へ行くことだけを吹き込んだ。

その夜、電話があるかと思ったが音沙汰《おとさた》はなく、やはりかけなければよかったと後悔し始めた数日後に電話があった。

幸い、島本は昔のままのようだった。「何年ぶり？　元気？」から始まった会話は、すぐに昔のリズムになり、雅夫が小学校の教師を続けていることを島本が「信じられない」と笑えば、逆に雅夫が、小説なんかを書いている島本ぐらい「胡散臭《うさんくさ》いものはない」と笑い返した。

さんざん笑い合ったあと、雅夫が二週間後の予定を訊くと、島本は申し訳なさそうに、その日、別の用事があると答えた。

「忙しいのか?」

「最近、ちょっとバタバタしててさ」

「そうか。じゃあ、また今度だな」

正直、落胆したが、先約があるのなら仕方がないと、雅夫はそう言ったのだが、「でも、早目にそっちを切り上げて、できるだけ合流できるようにするよ」と島本が言った。

雅夫は「分かった。じゃあ、来れそうだったら携帯に電話してくれよ」と答えた。しかし、もちろんありがたいとは思うのだが、この気遣いだけが、自分の知っている島本らしくなかった。

待ち合わせは新宿新南口に六時半だった。午後二時にホテルで目を覚ました雅夫は、バスルームでシャワーを浴びたあと、自宅に電話をかけた。陽子には式の様子や親戚たちの近況を話し、二人の息子たちにはおみやげを買って帰ると約束して電話を切った。

その後、ホテルの前にあったラーメン店で遅い昼食をとった。バカ高い値段のわりに、旨《うま》いのか不味《まず》いのか、よく分からないようなラーメンで、店を出るとき、思わず「これが東京かぁ」と呟《つぶや》いていた。

見知らぬ土地なので、早目にホテルを出て新宿駅へ向かった。案の定、駅の構内で迷い、待ち合わせ場所に十五分も遅れて到着すると、杉浦が苛々《いらいら》した面持ちで立っている。

杉浦とは去年のお盆に地元で飲んだばかりなので、懐かしさもない。

「島本は？」と杉浦が訊いてくる。

「合流できたら合流するって言ってたから」

雅夫は携帯を取り出してみたが、やはり島本からの着信はない。

とりあえずどこかに入ろうと駅前の雑居ビルにあった居酒屋に入った。人数を訊かれ、三人だと告げるとテーブル席に案内された。

生ビールで乾杯し、人を小馬鹿にしたような名前のつけられた料理の中から何品かまとめて注文した。

飲み始めて、最初の一、二分は島本が来るか来ないかという話をしたが、あっという間に話題も変わって、気がつけば、同じ時期に家を建てた者同士、坪単価やエアコンの効き具合やローンの年数などの話で盛り上がり、飲み干す生ビールの数だけ時間も過ぎていく。

「やっぱり、島本、来ないな」

便所に立っていた杉浦が、テーブルに戻ってきて、ぽつりと呟いた。落胆しているというよりも、裏切られたような言い方だった。

「もともと、別の用事があるって言ってたしな」と雅夫はかばったが、杉浦には伝わらなかったようで、「昔から、こういう感じだったもんな。なんかこうルーズっていうか。友達甲斐《がい》がないっていうか」と不味そうに一口ビールを舐《な》める。雅夫は杉浦を無視して、すっかり冷えきったピザを一切れ口に入れた。

あれは高校二年のころだったか、好きな女の子をバス停で待ち伏せして告白するという子供じみたことが流行した時期があった。

当時、島本は隣のクラスの安達という女の子が好きで、彼女の家の近所のバス停で待つことになり、寒風の中、何時間も一緒に待たされたことがある。

結局、彼女にはすでに彼氏がいて、告白は失敗に終わったのだが、その翌週、今度は雅夫が好きだった速水という女の子に告白するため、島本に付き添いを頼むと「分かった」と心強い返事をしてくれたのにもかかわらず、自分のときは二時間も三時間も待たせたくせに、バス停で十分も待つと「寒い。風邪《かぜ》引いた」などと仮病を使い、雅夫を置いてさっさと帰ってしまった。

裏切られたと腹も立ったが、刻々と迫る告白の機会に、友達甲斐のない友達の愚痴をこぼす余裕もなく、一人震えながら彼女の到着を待っていた。

結局、このとき、二時間待ってバスを降りてきた彼女に、どうにか気持ちは伝えられたが、色よい返事はもらえなかった。

翌日、逃げた島本に怒り半分で報告したのだが、あっさりふられた者同士、途中から笑いがこみ上げてきて、気がつけば涙を流すほど笑い転げていた。

このときは確かに島本に裏切られたが、別のときには無慈悲に島本を見捨てたこともある。裏切らないのが親友ではなく、実は裏切り合える相手のことを親友と呼ぶのかもしれない。

島本から携帯に電話がかかってきたのは、勢いよく減っていた生ビールもすっかりぬるくなり始めたころだった。

電波が悪いのか、呼び出しの音が聞こえず、なんとなく時間を調べようとポケットから取り出した携帯に、島本からの着信履歴があったのだ。

着信があったと杉浦に伝えると「電話かけてきたってことは、来るんじゃないか」と言う。

「そうかな」

雅夫は残されたメッセージを聞こうと携帯を耳に当てた。その瞬間、先日の電話で、「早目に切り上げて、できるだけ合流できるようにするよ」と申し訳なさそうに言った島本の声が蘇《よみがえ》った。

目の周りを赤くした杉浦が様子をうかがっている。

ふと気がつくと、雅夫は心の中で「来るなよ。気遣ってなんか来るなよ」と呟いていた。

残されていたのはとても短いメッセージだった。メッセージを聞き終わった雅夫の表情を見た杉浦が「え？　来るって？」と喜んでいる。

雅夫は笑みを浮かべたまま首を横に振った。

「来ないって。今から新宿まで出てくるのが面倒だってさ」

言葉とは裏腹に、とても気分が良かった。

恋する惑星

真面目《まじめ》に生きてきたか、と問われたら、たぶん不真面目だったかもしれない……と答えるしかない。

でも、真剣に生きてきたか、そうじゃなかったか、と問われれば、私は自信を持って「真剣に生きてきた」と答えられるのではないかと思う。

目の前で大きな丼《どんぶり》に顔を突っ込むようにして、鮮蝦《えび》雲呑麵《わんたんめん》を啜《すす》っている友哉《ともや》を眺めていると、ふとそんなことが脳裏をよぎった。

場所は香港《ホンコン》・灣仔《ワンチャイ》に近い路地の屋台。伸び切った白いランニングシャツを着たおじさんは、汗まみれで不機嫌そうだが、出された雲呑麵はそのおじさんに抱きついてしまいたくなるほど美味《おい》しい。

「せっかく来たんだから、もうちょっとちゃんとした店に入ろうよ」

私の言葉に友哉は面倒臭そうな顔をした。面倒臭そうな顔をして「これ以上、歩かされたら、俺、空腹で死ぬよ」と大袈裟《おおげさ》なことを言う。

一瞬、「歩かされたらって、どういう意味よ、歩かされたらって！」と言い返そうかとも思ったが、仲直りをするための三泊四日の香港旅行、さすがに初日から突っかかったら元も子もない。

とにかく私が機内でチェックしたレストランなどまったく興味がないようで、友哉はホテルの目と鼻の先にあった年季の入った屋台を指差した。

「あそこでいいよ。あそこ、うまそうだし、すぐ食えそうじゃん」

こちらの意見も聞かず、友哉は屋台に近寄っていく。そのくせ屋台の前に立つと、どう声をかけたらいいのか分からないようで、子供のような心細そうな表情をして、遅れてついてくる私に助けを求める。

友哉にとっては生まれて初めての海外旅行。私にとっては、もう五度目の香港旅行。

額を流れる汗も気にせず、友哉は雲呑麵を啜っている。ときどきちらっと顔を上げ、「うまいね」と微笑《ほほえ》む姿を見ていると、ガイドブックお薦めのレストランまでも歩こうとしない不満も消えて、「ほんと、ちょっとびっくりね」などと微笑み返してしまう。

そう。不真面目だったかもしれないが、私は、真剣に生きてはきた。そして、真剣に生きてきた私は今、十一歳も年下の彼氏と、ここ香港の地元の人でさえ、ちょっと敬遠しそうな小さな屋台で、予想外に美味しい雲呑麵を食べている。

「ねぇ、今度の連休に有給つけて、香港にでも行ってみない？」

そう誘ったのは私だった。今から格安のチケットが取れるかどうか不安ではあったが、その前の週末に私の家族と会って以来、口を開けば「どうせ半人前の男ですから」と拗《す》ね続けている友哉を前に、何か新鮮な計画が必要だった。

「香港？　俺、パスポートもねぇもん。半人前ですから」

「え？　海外にも行ったことないの？」

つい口走ってしまった自分を呪《のろ》う。

その前の週末、何も両親に友哉を紹介するつもりで、千葉の実家に戻ったわけではない。

たまたま、会社の新年会で草津温泉の宿泊券が当たってしまい、せっかくならドライブがてら車で行こうという話になって、どうせ無料で行ける旅行なのだから、ここはレンタカー代もケチって、実家の車を借りることにしたのが間違いだった。

その日、早起きして千葉の実家へ電車で向かった。玄関先に現れた娘の隣に、ひょろっと背だけが高い若者が立っていることを、真面目に生きてきた母は見逃さない。たまにしか帰って来ないんだから、お昼ごはんくらい食べていきなさい。草津なんて二時間もあれば着く。食べていかないなら、車も貸さない。

あらゆる反論に反論されて、気がつけば、友哉を睨《にら》みつける事務機器メーカーを定年退職したばかりの父親と、誘ったわりに大したおかずも作らなかった母親の前で、私と友哉は最後まで正座を崩せなかった。

「で、いくつ？　その男」

地獄の週末をどうにか乗り越えた月曜日、私は早速愚痴をこぼそうと親友の幸二郎を夕食に誘った。

待ち合わせたいつものレストランが定休日で、仕方なく隣の居酒屋に入ったのだが、あいにく混んでいて搾《しぼ》れば脂が滴《したた》りそうな中年の男二人と相席だった。ついてないな、と思ったのも最初の一分ほどで、生ビールで乾杯するときには、息をするのも忘れるくらいに、両親の口調を真似《まね》して、週末を再現していた。

「で、いくつ？」

「だから、私と十一歳違い」

「十一！　ってことは……」

「だから、あんたの年から十一引いてみりゃいいでしょ」

「……二十一？」

　さすがの幸二郎も開いた口が塞《ふさ》がらない。

「二十一の男と、三十二の女って、なんかこう……」

「何よ？」

「……あ、分かった。ちょっと見方を変えてみて、お互いに年を取ったときを考えてみれば？　そうすれば、少しは違和感ないかも。たとえば、こっちが五十歳になれば」

「私が五十歳なら、友哉は三十九？」

「…………」

　逆効果？　一瞬にして嫌な空気が流れ、その空気を断ち切るように、相席の中年男たちが肉詰めピーマンなんかを注文する。

「年上女の両親でそれなら、年下男の両親に会った日にゃ……」

「やめてやめて。ほんとに考えたくない」

「でも、そう悲観的になることもないって。そっちはいくら年が離れていようと男と女なんだから、うちみたいにさ、性別同じカップルに比べれば、まだハードル低いって」

「何、それ、慰めてるつもり？」

たしかに、友哉が北海道の郵便局員らしい父親と、ジャム作りが趣味だという母親の前に、三十二歳の女を連れていくのと、友哉と年は相応だが、男の子を連れていき、「俺ら、真面目に付き合ってます」と報告するのであれば、多少、こちらに分《ぶ》があるような気がしないでもない。

幸二郎と話しているといつもこうなってしまうのだが、物は考えようなのかもしれない。十年も苦楽を共にして、生命保険の受取人にもなれないどころか、一緒に賃貸マンションを借りるにしても、単なる友人同士として、自分たちの関係を、いやその存在自体に嘘《うそ》をつかなければならない幸二郎たちに比べれば、たかが十一歳の年の差なんて、女跳びで越えられるゴム跳びのような気がしてこないこともない。

結局、この日、話しかけてきた相席の中年男二人組とも仲良くなって、閉店時間まで四人で飲んでしまった。

第一印象は悪かったが、相席の中年男たち、話してみれば楽しい奴《やつ》らで、「うちの大学生の息子が、あんたみたいな楽しい人を連れてきたら、俺は喜ぶけどなぁ」

などと、居酒屋で相席した間柄としては上出来なお世辞を言ってくれた。

雲吞麵を食べ終えると、港のほうへ歩いた。フェリーに乗って九龍《クーロン》へ渡ってもいい。そのままトラム乗り場へ向かい、ビクトリアピークへ上ってもいい。どちらがいいかと友哉に尋ねると、「どっちがいいの？」と逆に訊《き》いてくる。

「そうねぇ、買い物するんなら九龍だし、ビクトリアピークなら天気もいいから気分いいかもね」

「じゃあ、そのなんとかピークにしようよ」

「そうだね、調子に乗って買い物するほどお金もないしね」

行き先が決まると、友哉は私の手を取って、ずんずんと地図も見ずに歩いていく。もちろん友哉に手を引かれて歩くのは幸せだ。

ただ、こんなとき、いつも思うこともある。十一歳の年の差というのは、結局、経験の差なのだろうと。

たとえば、今、友哉は地図も見ずに見知らぬ街を歩いている興奮と不安の中にある。もっと言えば、私の手を引いて歩いていると思い込んでいる。

だが、私はもう五回もこの街を訪れているわけで、地図を見なくてもなんとなくどちらへ向かえばビクトリアピークへのトラム乗り場があるかは分かっており、友哉が道を誤らないように、手を引かれているふりをしながらも、無意識にその手を操縦している。

香港に五回も来た私が悪いわけではない。もちろん香港にも来たことがない友哉が悪いわけでもない。五回も来たから今の私があるわけだし、香港に来たことのない友哉だからこそ、こうやって手を引かれて歩くだけで幸せなのだ。

ビクトリアピークへ上るトラム乗り場には、長い行列ができていた。いつもなら行列を見ただけで逃げ出すくせに、珍しく友哉がその最後尾に並ぶ。

「並ぶの？」

思わず尋ねると、逆に怪訝《けげん》な顔をされた。

「なんで？」

「だって、行列嫌いでしょ？」

「大丈夫だよ。乗ってみたいし」

子供みたいに首を伸ばして、何台目に乗れそうか計算する友哉の横顔を眺めていると、「もしかして、結婚しようと思ってんの？」と訊いてきた幸二郎の声がふと蘇《よみがえ》った。

「だって、相手は二十一歳のフリーターだよ」

そう答えようかとも思ったが、そう答えた途端、自分が何かから逃げようとしているような気がして口を噤《つぐ》んだ。

友哉と出会ったのは一年前だった。行きつけの飲み屋が開く恒例の花見で軽く恋に落ちた。相手が若いことは分かっていたし、先のある出会いだとは思ってなかった。

だが、友哉は私が思っていたほどに、この出会いを軽々しく扱おうとしなかったのだ。

付き合い始めて半年後に、一緒に暮らし始めた。自分が年上だというだけで、三日に一度、ひどい負い目を友哉に感じた。それが原因で口うるさくなり、友哉が友達と会うというだけで浮気だと疑った。

友哉に浮気されるのが怖かったわけではない。私が友哉にとっての浮気相手のような気がして怖かったのだ。

「俺のこと、少しは信じろよ」

私が口うるさくなるたびに、友哉はそう言って口を尖《とが》らせる。私が信じられないのは友哉ではなく、自分自身なのだ。

「俺、ちゃんと、考えてるよ」

友哉がふとそう呟《つぶや》いたのは、前のほうがトラムに乗り込み、長い行列が一気に動き出したときだった。

「何を?」

晩ごはんをどこで食べようかとガイドブックを眺めていた私は、場違いな声色で訊き返した。

「だから、お前とのことだよ。先のこと!」

思わず友哉の目をじっと見つめてしまう。何度も言うが、不真面目だったかもしれないが、私はこれまで何事にも真剣に生きてきたと思う。

目の前で友哉が照れ臭そうに目を逸《そ》らす。

私は咄嗟《とっさ》に「やめてよ〜、何よ、急に真面目くさって」と不真面目に笑い飛ばし、その肩を思い切り叩《たた》いた。

そのとき行列の動きが止まった。友哉が予想した通り、私たちはもう一台待たなければ乗れないらしい。

恋《れん》恋《れん》風《ふう》塵《じん》

台北《タイペイ》発花蓮《ファーレン》行の特急列車は、正午ちょうどの発車だった。混んだチケット売り場でやっと片道切符を買えたのが発車の三分前、慌てて窓口を離れ、ホームを探す。漢字だらけの掲示板だが、それでも意味はなんとなく分かる。切符に書かれた列車番号を、掲示板の中に探し当てた瞬間、背後から何やら話しかけられて振り返ると、大きな荷物を背負ったおばあさんが立っている。

台湾語か、中国語なので、何を話しかけられたのかは分からない。

「はい？」

思わず日本語で聞き返すと、口の中で何やらさっきの言葉をもごもごと言う。それは最初のときより不鮮明で聞き取れない。掲示板の時計がまた一分進む。出発まであと一分。

「すいません」

とりあえず日本語で謝って、遠くに見える改札へ走った。改札を抜け、ホームを確かめて、階段を二段飛ばしで駆け下りた。

途中で発車を知らせるベルが鳴る。笛を吹きながら小旗を振る駅員の背中が見える。ホームに飛び下り、一番近いドアに駆け込んだ。駆け込んだ瞬間、背後でドアが閉まる。

「あっ」

声が漏れたのはそのときだった。肩で大きく息をしながらだったので、声が喉《のど》の奥で詰まった。

「あっ、あ……」

慌てて振り返るが、もちろんドアは閉まっており、ゆっくりと走り出した列車の振動と共に、たった今、駆け下りてきた階段が窓の向こうを流れていく。

「どこ、に、行く?」

掲示板の前に置いてきたおばあさんの口元が浮かぶ。

「どこ、に、行く?」

間違いない。思い返せば返すほど、おばあさんの唇はそう動く。

掲示板の前に立っている自分に、あのおばあさんは「どこへ行くのか?」と日本語で訊《き》いてきたのだ。

　慌てた様子の日本人旅行者を心配し、大昔に使っていた日本語で話しかけてくれたのだ。あまりにも昔のことなので、自信がなかったのだろう。だから、あんなにぼそぼそと、でも、勇気を出してくれたのだ。

「あ……」

　思わずまた声が漏れる。流れるホームの景色を捕まえるように、窓ガラスに触れてみるが、列車が停《と》まってくれるはずもない。

「すいません。ごめんなさい」

　心の中で謝ると、次の瞬間、トンネルを抜けた列車が地上へ出て、真っ青な台湾の空が広がった。走って全身に噴き出していた汗のせいで、列車内の強い冷房で風を受けているように感じる。


　元々、バタバタと出てきた旅行だった。入院中の母を見舞うために取った休暇だったのだが、四日前に実家の父に電話を入れて様子を尋ねると、なんでもここ数日、かなり体調が良くなってきて、週末は二人で由布院《ゆふいん》の温泉に行くと言う。

　せっかく休みを取ったし、俺もついて行こうかな、と電話口で言ってみたのだが、

「来るか?」と答えた父の口調は歓迎しているようではなくて、どちらかと言えば、たまの夫婦水入らずの小旅行に、来年三十にもなる息子が、普通、ついて来るか?とでも言いたげなものだった。

あんなに夫婦仲が悪かったくせに、と思わず言い返そうかとも思ったが、父はこれが母との最後の旅行になるかもしれないと思っているのかもしれないと、ふと思い直して、言えなかった。

いないと分かれば、地元へ戻る必要もなく、かといって、せっかく取った四連休を東京のワンルームマンションで無駄に過ごすのはもったいない。

もっと言えば、もしこの時期に一人寂しく部屋で過ごせば、絶対に自分が佳那子《かなこ》に復縁を求める電話をかけてしまうことも分かっていた。

旅行社で調べると、運良く台北行のチケットが残っていた。台湾は佳那子が大好きな国で、彼女と付き合った五年間、毎年必ず一度は訪れていた。うまい屋台料理を食べ、活気ある夜市を歩き、スパ施設の充実した温泉宿に泊まって、ほぐれた身体《からだ》で一晩中抱き合って過ごす。

「台湾って、私にとって本当にストレスフリーな国なのよね」

大学でアジア文化を専攻していた佳那子が、台湾と中国の微妙な国情を知らないはずはないのだが、それでも彼女は「この国には、プリミティブな明るさがある」と言って憚《はばか》らなかった。

佳那子に影響されたわけでもないが、確かに彼女が言わんとすることはすぐに分かった。まず人が優しい。優しくしようとして優しいのではなく、無愛想に優しい感じがいつ来ても伝わってくる。

あれは何度目の訪台時だったか、現代美術館に行く佳那子と別れて、一人で町中の小さな定食屋に入ったことがある。

旨《うま》い牛肉麺《ニユウロウミエン》を食べ終えて、さて出ようかと厨房《ちゆうぼう》のおばさんに金を払おうとすると、このおばさんが何やら早口に言う。

一瞬、テーブルに何か忘れたのかと思ったが、テーブルにはスープさえ残っていない丼《どんぶり》があるだけで、忘れ物はない。

「はい？」と首を傾《かし》げると、厨房にいたもう一人のおばさんまで現れて、何やら早口で言ってくる。

湯気の立つ大鍋《おおなべ》の前に立っているので、二人とも眉間《みけん》に皺《しわ》を寄せた顔がこちらを叱《しか》っているようにしか見えない。何かいけないことをしたのだろうか。

不安に思って立ちすくんでいると、背後で同じく牛肉麺を啜《すす》っていた若者が面倒くさそうに立ち上がり、テーブルに置いてあった紙ナプキンを一枚抜き出して、こちらに差し出してくる。

「あ、ああ」

思わず大きく頷《うなず》いた。おばさんたちは口の周りが汚れているので、そこの紙ナプキンを使えと教えてくれていただけなのだ。

渡された紙ナプキンで口を拭《ふ》くと、おばさんたちは満足げな顔をして、またそれぞれの仕事に戻った。

掲示板の前で話しかけてくれたおばあさんに申し訳なく思いながらも、車輛《しゃりょう》を進んで自分の座席を探した。指定席は満席で、真ん中辺りの通路側にぽつんと空いていたところが自分の席だった。

横ではビジネスマン風の年配の男性が新聞を広げている。席に着くと、早速テーブルを出して弁当を広げた。

まさか切符売り場であんなに待たされるとは思わなかったので、駅の外にあった弁当屋で、呑気《のんき》に排骨飯《パイコーハン》弁当と魚丸湯《ユイワンタン》を買っていたのだ。

列車はいつの間にかビルの建ち並ぶ台北市内を抜け、窓の外には青々とした田園風景が広がり始めていた。

この連休、台北市内で過ごしても良かったが、ふと花蓮に行ってみようと思ったのは、最後に佳那子と台湾へ来たとき、次は花蓮に行ってみようと約束していたからだと思う。

車窓の景色を横目で見ながら、まだ温かい弁当を食べ始めると、台湾でこういう普通の電車に乗るのは初めてだと気がついた。

もちろん台湾新幹線や地下鉄には乗ったことがあったが、やはりローカルというか、それらとは明らかに雰囲気が違う。

箸《はし》を舐《な》め舐め、車内の様子を眺めた。斜め前の席には、軍隊の休日なのか、体格の良い軍服姿の若者が窮屈そうに、でもどこか嬉《うれ》しそうに座っている。

この列車で、きっと地元に帰るのだろうと思うと、今ごろ由布院で夫婦水入らずの時間を過ごしている両親の顔が浮かんだ。

通路を挟んだ横の席では、若いカップルがイチャイチャしている。まだ付き合い始めたばかりなのか、男の子が脱いだナイキのサンダルに、女の子が自分の足を入れ、その大きさに驚いている。

きっと「汚れてるから、やめろよ」とでも言ったのだろう。男の子が顔を真っ赤にしてそのサンダルを奪う。

朝から何も食べていなかったので、あっという間に弁当を食べ終えて、飲み忘れていたスープも一滴も残らず飲み干した。

弁当箱やスープのカップをビニール袋に入れ、足元に置いてもよかったのだが、これから数時間、きっと邪魔になると思い直して、ゴミ箱を探しに立ち上がった。

進行方向に背を向けて立ったせいか、両側の窓を流れる景色の中に自分が巻き込まれるような錯覚に陥る。

揺れる電車の中を歩いて、車輌を出ると、とつぜん生温かい風が顔に吹きつけた。見れば、若い女性が昇降口のステップに座り、ぼんやりと窓の景色を眺めている。

常識というのは恐ろしいもので、一瞬、そういう光景だと思ったのだが、ふとあることに気がついて改めて視線を向けた。なんとドアが開いており、線路脇《わき》の雑草が猛スピードで流れているのだ。

こちらの視線に気づいた彼女が、ちらっと面倒くさそうに振り返り、また視線を外に戻す。その瞬間、彼女の吐き出した煙草《タバコ》の煙がさっと風に流れていく。

危ないとは思わなかった。いや、実際はかなり危ないのだろうが、青々とした田園風景の中、ステップに腰かけた彼女の姿は、とても優雅に見えた。

ジロジロと見ている旅行者の視線が嫌だったのか、彼女は指先で煙草を外に投げ捨てると、すっと立ち上がってドアを閉めた。すぐそこに聞こえていたレールの音が、どこか遠くに引いていく。

彼女は何事もなかったかのように立ち去った。列車の揺れに身を任せるように、車輛の通路を進んでいく彼女の背中からしばらく目が離せなかった。とりあえずゴミ箱に弁当の空き箱を捨て、なんとなく窓際へ寄った。

たった今まで彼女が座っていた場所が、なぜかとても神聖な場所に見えてくる。思い切って腰を下ろすと、ガラス窓は高く、外の風景は見えない。尻に伝わる振動と、車窓を流れていた田園風景の残像だけになり、今、外国に一人でいるんだなぁ、とふと思う。

佳那子は航空会社のマイルを貯めるのが好きだった。いや、趣味と言ったほうがいいかもしれない。

電話や買い物、月々の支払いでマイルになるものはもちろん貯め、週に一度はパソコンでマイルがいくら貯まったか眺めて喜んでいた。マイルが貯まると、わりと呆気《あっけ》なくそれを使った。

あるとき「せっかく貯めたのに、もう使っちゃうの?」と尋ねると、「使うために貯めるんじゃない」と笑っていた。

台湾はわりと少ないマイルで行ける国だった。たしか二万マイルだったと思うが、それが貯まると、佳那子は「よし、また台湾に行こう!」と早速チケットを申し込んだ。

「このマイルって、夫婦や家族なら分け合えるんだよな」

深い意味で言ったわけではなかったが、彼女の表情はこのとき少しだけ曇った。いや、曇ったように見えただけなのかもしれない。

ステップから立ち上がり、しばらく車窓の景色を眺めていた。田園風景の中にとつぜん墓地が現れて、流れる。

日本の墓地と違い、どこか華やかな感じがするのは、その色使いのせいだろうか。南国の日を浴びた墓地は、何かを吹っ切ったような明るさがあった。

佳那子がどうしてとつぜん別れたがったのか、いくら考えても分からない。むしろ考えれば考えるほど分からなくなる。

ただ、こうやって一人、台湾の景色を眺めていると、佳那子がどうしてこの国が好きだったのか、その理由は分かるような気がする。彼女が好きだった台湾を、自分も好きだったのだと自信を持って言える。

何が悪かったのかではなく、何が良かったのかを考えながら、終わる関係というのもあるのだろう。今ごろ、両親は由布院の湯に浸《つ》かっているだろうか。

好奇心

東京みやげの詰まった紙袋を両手にぶら提《さ》げ、麻美《あさみ》は機内の通路に並んでいた。なかなか動かない先を見遣《みや》ると、大きなバッグが頭上のトランクに入らず、中年の女性が四苦八苦している。

自分が近くにいれば手伝ってやるのだが、間には五、六人の乗客が立っており、手伝おうにも一歩も先に進めない。

その上、女性の次に並んでいるのが年配の人ならいざ知らず、ぼけっとその様子を眺めているのは大学生くらいの背の高い男の子で、手伝うどころか、少し苛々《いらいら》しているらしい。

まったく……。

心の中でそう呟《つぶや》くと、無意識に舌打ちでもしてしまったのか、前に立っていた広い背中の男からジロッと睨《にら》まれた。

事態に気づいた若い客室乗務員が通路の向こうから現れて、女性の荷物を一緒に押してやる。コツがあるのか、荷物はあっさりとそこに収まり、滞っていた列が動き出す。

麻美の座席は運良く客室乗務員席の前だった。ここなら前の座席を気にせずに足を伸ばせる。

荷物を棚に上げて席に着くと、赤ん坊を抱いた若い母親が、通路を挟んだ隣の席にやってくる。赤ん坊はよく眠っているようで、ふっくらとした腕をだらんと垂らし、その小さな指がぎゅっと握られている。

じっと見ていたせいか、母親が小さく会釈をし、「よく眠ってるわねぇ」と麻美は赤ん坊の寝顔に微笑《ほほえ》みかけた。きっと男の子なのだろう。淡いブルーのベビータオルに包まれている。

しばらく赤ん坊の寝顔を眺めていると、なぜか、さっき通路で手伝いもしなかった男の子の顔が浮かんでくる。

この可愛い赤ん坊も、あっという間にあの男の子のようになるのよねぇ……。そう思った瞬間に、今度は我が息子、高志の憎らしい顔が蘇《よみがえ》る。

麻美は気を取り直すように売店で買ってきたチョコを食べた。口に入れた途端、渇いていた口の中で甘いチョコがとろける。

いったい、この三日間はなんだったのだろうか。東京での初めての一人暮らし。電話では強がっていたが、きっと心細い思いをしているに違いないと、仕事まで休んでやってきたのに、有り難がられるどころか邪慳《じやけん》にされて、気がつけば、悔しさ紛れに小言ばっかり言っていた。

「あんたねぇ、世の中にはリリー・フランキーさんみたいな母親思いの人もいるのよ。ちょっとは『東京タワー』見習いなさいよ！」

着いたその夜、見知らぬ土地で心細い母親を置いて、「俺、今夜、サークルのコンパだから」と渋谷に出かけようとしたときには、さすがに我慢できずにそう言った。

「もう面倒くさいな。今夜は元々用があるって電話でも言っただろ。……それにね、あの本は親不孝だった息子が反省する本で、母親が『少しは親孝行しろ』って催促するための本じゃないんだよ」

どっちに似たのか、本当に可愛げがない。

羽田空港に着いたのは、土曜日の正午前だった。上京し、誰も知らない土地で一人暮らしを始めて早一ヶ月。正直、ゲートを出たら「お母さ〜ん」と抱きついてくるんじゃないかと心配していたのだが、現実はわりとあっさりしたもので、きょろきょろと息子を探す母の目に飛び込んできたのは、携帯で誰かと話しながら「ここ、ここ。こっちだよ」とでも言いたげに、面倒くさそうに手を振る高志の姿だった。

「あんた、元気みたいね。良かった良かった」

「はい、はい」

「ちゃんと食べてるの？　自分で作ってるんでしょ？」

「はい、はい」

モノレール乗り場へ向かうまで、馬鹿息子は携帯を切ろうともしない。やっと切ったかと思えば、「疲れたろ？」の労《ねぎら》いもなく、「俺、東京見物に付き合ってる暇ないよ。今夜はサークルのコンパだし、明日の夕方からはバイト入ってんだから」と口を尖《とが》らす。

「いいわよ。お母さん、観光しに来たわけじゃないんだから」

この一ヶ月、息子がどんな暮らしをしているのか心配で仕方がなかった。「はじめてのおつかいじゃあるまいし」と夫は笑うが、はじめてのおつかいなら、こっそりあとをついても行けるが、東京で一人暮らしとなると、そうもいかないから心配ばかりが募ってしまう。

きっと男親には分からないのだろうが、身を削られるというか、ぽっかりと心に穴があくというか、気がつくと、夜中にメソメソしてしまうこともあって、とにかく、これは自分の目で一度確かめてみないと、こっちが参ってしまうと思ったのだ。

あれは高志が中学二年生のときだったか、当時仲の良かった岡崎くんのお母さんに「どうも二人でエッチな本を回し読みしてるみたいなのよ」と相談されて、「え?」ついこないだまで女の子よりトカゲ相手に遊んでいたほうが楽しそうだった高志が、まさか……とは思ったが、「そういう年頃なんだよ。放っとけよ」と夫に言われ、「分かってるわよ」と返事をしたまではよかったが、いつものように朝ギリギリに起きてきて食パンを口に突っ込む高志を眺めていると、いやいや、この子がエッチな本なんて、と思う気持ちのほうが強く、やっぱりまだ早いんじゃないか、万が一、本当だとして、どんな本なんだろうと、疑念が心配に変わってしまい、気がつけば、高志のベッドの下を探っていた。

出てきたのは健康的な女の子の健康的な水着の写真集で、「な～んだ、これか」

と、思わず力が抜けてしまった。要するに案ずるより産むが易《やす》し。確かめてしまえば、無駄な心配などする必要もないのだ。

モノレールで浜松町へ向かい、なんだか複雑な電車の乗り換えをこなす高志について、やっと郊外のアパートに到着したときには、午後の二時を回っていた。

朝から何も食べていないという高志が、アパートの前にある小さなラーメン屋に誘うので、炒飯《チャーハン》くらいならすぐに作ってやると言ったのだが、米はない、卵はない、その上、待てないと我がままを言い、ならばと諦《あきら》めて、そのラーメン屋に行った。

よほど通っているのか、店主とは顔見知りのようで、気軽に言葉を交わすので、「いつも息子がお世話になっております」と挨拶《あいさつ》すると、「いえ、こちらこそ」と丁寧に頭に巻いたタオルを取ってお辞儀する店主の前で「やめてくれよ、恥ずかしい」と顔を赤らめる。

しかし、たったこれだけのことなのだが、「ああ、高志にも近所に行きつけの店があるんだ」と思えば、少し味の薄いラーメンも途端に美味《おい》しくなるから不思議なものだ。

心配していた部屋は思いのほか片付いており、持参したエプロンをつけて掃除するほどでもなかったが、せっかく来たのだからと、普段はやりそうもないサッシの溝や、浴室の排水口など掃除して回っていると、あっという間に日が暮れた。

約束は約束だからと無情にコンパとやらへ高志が出て行くと、悔しさ紛れに夫に電話を入れた。

「出かけなきゃ、出かけないで、友達がいないんじゃないかって心配するんだろ」

と夫に笑われ、それもそうか、と素直に思う。

息子のいない息子の部屋は、正直、他人の部屋のようだった。机に積まれた数々の教科書やノート。食べ残しのポテトチップス。テレビに繋《つな》がれたゲーム機のコード。

実家の部屋と何も変わりがないのに、なぜかそこに自分の息子の匂《にお》いがない。ただ、そんな他人の部屋なのに、居心地が悪いというわけでもない。

翌日、高志が、「どっか連れてってやるよ」と、とつぜん言い出したのは、麻美がつい作り過ぎてしまった朝食を食べている最中だった。

「浅草？　六本木ヒルズ？　銀座？　どこでもいいよ」

「あら、どういう風の吹き回し？」

「別に。ここで一日、顔突き合わせてるよりマシだよ」

火の出ないコンロで苦労して作ったあさりのみそ汁を、高志がそう言いながらおかわりする。

「だったらお母さん、あんたの大学に行ってみたいわ」

「大学？　日曜だから開いてないよ」

「あ、そうか。だったら、外からだけでもいいから」

「あんなの見てどうすんの？　普通の学校だよ」

高志はしばらく仏頂面をしていたが、麻美の粘り勝ちだった。

晴れた気持ちのいい一日で、高志の大学はここが東京なのかと思いたくなるような緑豊かな郊外の丘の上にあった。

幸い、正門も開いており、広々としたキャンパスを散歩しているだけでも気分が良い。

「あれが経済学部の校舎だよ。まだ教養課程だから、ほとんどその向こうの校舎での授業が多いけどね」

日を浴びた広々としたキャンパスに、ほとんど人がいなかったので、高志も少し開放的な気分になっていたのだと思う。

「どう？　無理して東京の大学に来てよかった？」

何気なく麻美が尋ねると、「そりゃ、そうだよ。これから何かやるにしてもさ、日本の中心にいたほうが何かといいよ」と、偉そうに答える。

「大学卒業して、就職して……、これからがまた大変だ」と麻美は笑った。

広々としたキャンパスの風景が、高志には少し大き過ぎるようにも、これでもまだ小さ過ぎるようにも見える。

退屈そうに前を歩いていく高志の背中を、麻美はそんなことを考えながら眺めていた。

夕方から高志はアルバイトに出かけていった。なんでも所属しているサークルで紹介されるスポーツ用品店の倉庫での在庫管理のバイトらしい。

「接客とかより、俺には向いてるからね」

そう言って出かけていく高志の顔は、どこか大人びて見えた。

親が大人になったと思うほど大人にもなっていない。かと言って、親がまだ子供だと思うほど子供でもないのだと麻美は思う。

帰りの飛行機はさほど混んでいなかった。まだ乗り込んでいない乗客もいるようだったが、今のところ、麻美の隣も、通路の向こうの赤ん坊を抱いた若い母親の隣も空いている。

キツ過ぎたシートベルトを弛《ゆる》めようとしていると、通路にころころとボールペンが転がってきた。見れば、若い母親が赤ん坊を抱いたまま腕を伸ばして、必死に拾おうとしている。

麻美はシートベルトを外して、転がったボールペンを拾い、若い母親に手渡した。

「すいません」

「赤ん坊を抱いていると、ちょっとしたことで困るもんねぇ」

赤ん坊は相変わらずすやすやと寝息を立てている。

「男の子？」と麻美は訊《き》いた。

「はい」

母親がそう答えながら、赤ん坊の口元を覆《おお》う肌着を指先で下ろしてやる。

「これからが楽しみねぇ」と麻美は言った。

「そうですね。大変ですけど」

そう答えた若い母親の表情に迷いはない。ぎゅっと握られた赤ん坊の指に麻美が触れると、微《かす》かに小さな指が動く。

「たぶん、あとで目を覚まして泣くと思うんですけど、すいません、ご迷惑かけます」

若い母親が申し訳なさそうに言う。

「泣いてくれるときはおもいっきり泣かしてあげないと。大きくなると、強がって泣いてもくれなくなるんだから」

そう言うと、麻美は座席に戻ってシートベルトを締めた。

ベスト・フレンズ・ウェディング

正午過ぎに、サンフランシスコ空港に到着した。生まれて初めて海外へ一人で向かうので、よほど気が張っていたのか、機内では一睡もできなかった。

飛行機を降り、乗客たちの流れに紛れて通路を進む。入国審査があり、何を質問されているのかも分からぬまま、イエスと三回ほど頷《うなず》くと通された。

また人の流れに沿って歩いて行けば、機内で顔を見かけた乗客たちが、手荷物が出てくるのを待っているレーンがある。

数日前から空港の掲示板や標識など、とりあえず必要そうなものは暗記しておこうと頑張ったわりに、掲示板さえ一度も見ずにここまで来ている。

数分待っていると、自分の荷物が出てきた。妹に借りたピンク色のトランクはかなり目立つ。

またみんなが出て行くほうへついて行く。荷物の番号を確認するということもないらしい。ゲートを出ると「千佳ちゃん！」と呼ぶ声がすぐに聞こえた。

さほど多くもない出迎えの人たちの中に、高校からの親友二人、亜希子とまどかの顔があった。

二人の顔を見た瞬間、「ああ、これで終わりなんだ」と思う。「ああ、これで一世一代の海外一人旅も終わったんだ」と。

昔から、どちらかと言えば控えめなほうだった。特に亜希子やまどかのような積極的なタイプの子と一緒にいると、機内からゲートまでではないが、ずっと二人について歩けば万事問題なく進んでいけた。

この旅行のために、二冊もガイドブックは買ってきたが、きっとバッグから取り出す必要もないと思う。いつものように二人について歩いていれば、楽しい旅行ができるのだ。

ピンクのトランクを引っ張って、手を振る二人に駆け寄ると、「問題なかった？」「もうなんか千佳ちゃんが一人でこっちに向かってるって思うだけで、私、眠れなかった〜」などと早速心配してくれる。

「大丈夫よ。それより、美代たちは？」

「美代のエステの予約時間が変更になっちゃって」

「でも武くんは来てるよ。今、駐車場」

二人に背中を押されるように駐車場へ向かった。一歩外へ出ると、思わず溜息《ためいき》が出るような青い空が広がっている。

本当は写真の一枚でも撮りたいのだが、だいたいこういう場合、そんなことを言い出せば「なんで空港の出口なんかで写真撮るのよ～」と笑われるので、ぐっと我慢して二人のあとを追う。

駐車場への横断歩道を渡るとき、サリーを身に纏《まと》った奇麗な女の人に道を訊《き》かれ、現在ロンドン留学中のまどかが流暢《りゅうちょう》な英語でさらっと答える。

もしも自分なら、いくら急いでいても、声をかけられただけで緊張して立ち止まってしまうはずだが、まどかは歩きながらさらっと答え、ちょっと迷惑そうな顔までできる。またそれが様になっているからかっこいい。

駐車場に入ると、武が待っていた。高校時代はバスケット部のスター。それから十年以上経った今でも、ちゃんとレイバンのサングラスが似合っているからすごいと思う。

「千佳ちゃん、ありがとね。わざわざ来てくれて」

駆け寄ってきた武に礼を言われて、「武くんと美代をくっつけたの私だよ～。その結婚式に出席しないわけにはいかないじゃな～い」と笑顔で応《こた》えた。

実際、二人をくっつけたのは私だった。高校時代、美代に一目惚《ひとめぼ》れしたらしい武に相談されて美代に伝えた。あいにく美代は武には興味がなかったらしく、このときはうまくいかなかった。

それが卒業から十年近くも経った同窓会で、今度は美代に「武くんって、今、彼女とかいるのかな？」と相談された。

幸い武は六年も付き合った彼女と別れたばかりだった。同窓会の翌週に三人で食事をし、次の週には二人で食事をしたらしい。

二人から報告を受けたとき、素直に私は喜んだ。なんというか、結局、人は落ち着くところに落ち着くんだなと。

当初、結婚式は二人きりで行うことになっていた。それがたまたま現在上海《シャンハイ》の証券会社で働いている亜希子のサンフランシスコ出張が決まり、だったらロンドンからまどかも駆けつけるということになり、ならば「千佳ちゃんもおいでよ」という話になったのだ。

一人で海外。亜希子やまどかと違って英語が話せるわけでもない。もちろんかなりの不安もあったが、結局、合流することに決めたのは、たぶん最近、昭彦との関係がぎくしゃくしているからだと思う。

それぞれがそれぞれの近況報告をしながら、武が運転するレンタカーは、ホテルへ向かった。明後日《あさって》の午後には、このホテルに近いかわいい教会で式を挙げる。

車の中では亜希子とまどかがずっとサンフランシスコ滞在中の予定を立てていた。どこへ行って何を食べ、どこで買い物をして、夜はミュージカルをみんなで観に行く。

「千佳ちゃん、いいよね、それで？」

「うん、いいよ」

「ねぇ、千佳ちゃん、何か食べたいものある？」

「私？　別に」

「じゃあ、三日目はそのレストランでいいよね」

亜希子とまどかに嫌味なところは全くない。強がってそう思っているわけでもない。

実際、二人はどうすれば私を含めたみんなが楽しめるかということを、必死に考えてくれるような人たちなのだ。

「武くん、良かったね」

後部座席で盛り上がる二人をよそに、助手席からそう声をかけた。武はハンドルを握ったまま、ちらっとこちらに顔を向け「もし高校のころ、うまく行ってたら、俺ら、こうやって結婚してたかな？」と微笑《ほほえ》む。

「してたよ」と私も微笑む。

「そうかな」

「美代と結婚してない自分の人生なんて考えられないでしょ？」

冷やかすようにそう言うと、「まぁね。でも、結婚を明後日に控えた男としては、そう答えるしかないでしょ」と、昔ながらの屈託のない笑顔を見せる。

目の前には、大きな青い空が広がっている。私はバッグからカメラを取り出して、フロントガラス越しに、青い空を撮った。一人で海外に来て、初めて撮った写真だった。


ウェディングドレス姿の美代は、もうちょっとで私が泣いてしまいそうなくらい美しかった。

教会やホテルの人たちも、何を話しているのか、私には分からなかったが、とても感じのいい人たちばかりで、私たちだけしかいない、少し寂しい教会で、二人が誓いのキスを交わしたときには、亜希子が泣き出し、つられた私とまどかも涙が溢《あふ》れた。

何にでも詳しい亜希子の話では『小さな恋のメロディ』という昔の映画で、子供たちだけで結婚式を挙げるシーンがあるらしい。とても可愛くて神聖なシーンだったらしい。

その夜は、市内のレストランでお祝いをした。さすが亜希子とまどかが選んだ店だけあって、同級生たちのお祝いに相応《ふさわ》しいイタリアンレストランだった。

私たちは美代と武の結婚を心から祝った。そして美代と武が先にホテルへ帰ると、私は、美代が良い一日を送れるように、ホテルから教会、リムジンの車内に、レストランまで、まさに駆けずり回って世話をした亜希子とまどかを労《ねぎら》った。

「でも、千佳ちゃんが来てくれてほんとよかったよ」

「そう？　私、何の役にも立たないじゃない」

「そんなことないって。もし千佳ちゃんいなかったら、私たち絶対、ケンカしてたよ」

私が私なりに、二人を労えば、二人は二人なりに私を労ってくれるのだ。

式の興奮もあって、この夜は遅くまでホテルの部屋で語り合った。酔うと多少口の悪くなるまどかが「でもさ、結局、高校の同級生とくっついちゃうんだったら、こうやって十年も男とあれこれやってる自分が馬鹿らしくなるね」などと言い出したりもしたが、みんな心の中で美代と武の結婚を喜んでいるのは間違いなかった。よほど気が張っていたのだと思う。私がシャワーを浴びて出てくると、先に浴びていた亜希子とまどかは、それぞれのベッドで深い寝息を立てていた。

部屋の灯《あか》りを消すと、窓の外に星空が広がっていた。私は思わず窓を開けた。遠くに有名な橋が見えた。

きらきらと輝く夜景は、どこがどう違うのか分からないが、間違いなく日本のものではなかった。

今、サンフランシスコにいるんだなぁと思う。もっと海外旅行しようと思う。時間がない、お金がない、なんて言い訳ばかりしてないで、もっといろんな場所を見ようと思う。

翌日は、部屋で一日ゆっくりしていたいという美代と武を置いて、三人で市内に繰り出した。

本当に亜希子とまどかと一緒だと、道に迷う心配どころか地図さえ見る必要がない。路面電車に乗って、美味《おい》しいケーキを食べに行き、中華街で点心《てんしん》を食べ、海の見える公園を散歩する。

マーケットに行けば、賑《にぎ》やかな亜希子とまどかに、市場の男たちが気軽に話しかけてくる。

考えてみれば、高校のころからずっとこうやってきたような気がする。亜希子やまどかや美代と一緒に過ごした楽しい思い出は、それこそ数え切れないくらいある。もしも三人がいなかったなら、きっと私の人生はさほど楽しいものではなかったのではないかとも思う。いつも誰かに頼って生きてきた。

翌日は五人で買い物をすることになっていた。武のレンタカーがあるので、この際だから、新郎に荷物持ちを任せようという計画になっていたのだ。

ホテルのレストランで朝ご飯を食べ、十時過ぎにロビーで待ち合わせた。部屋を出る間際になって、亜希子が仕事の電話を上海にかけ、それが長引いた。先にまどかと二人でロビーに降りて、すでに降りてきていた美代と武で、亜希子を待っているときだった。本当に、自分でもどうしてそんな言葉が出たのか分からないのだが、気がつくと、こんなことを言い出していた。

「あのね、我がまま言うみたいで悪いんだけど、私、カーメルって海沿いの町に行ってみたいの。ガイドブックで写真見て、それで……」

みんなどちらかというとぽかんとしていた。すぐにまどかが事態を把握し、「でも、日帰りは無理だよ。一泊となると、ほら、亜希子が明日の夕方の便で帰らなきゃならないから、それも厳しいし」と、申し訳なさそうな顔をする。

「うん。それは分かってる。だから、あの、私、一人でね、行ってみようかと思って」

「え?」

本当に三人の声が重なった。あとはもう次から次に「どうやって行くの?」「ホテルはどうするの?」「英語ができないと大変だよ」「女性一人は危ないって」「こっちが心配でたまらないよ」と言葉を浴びせられた。

本当に自分でもなんでこんなことを言い出したのか分からなかった。家でガイドブックを眺めているとき、きれいな砂浜だと思った。

そしてふと、この写真に写っている美しい夕日を、みんなとではなく、自分一人で眺められたら、何かが変わりそうな気がして、ほとんど無意識のうちに、どうやってカーメルへ向かうのか、どのようなホテルがあるのかと、事細かに調べていたのだ。

遅れてきた亜希子も交えて、しばらくみんなに宥《なだ》められた。いつもならすぐに懐柔されるのに、なぜか頑固に首を横に振り続けた。

「なんか、ごめんね。せっかくみんなで集まってるのに」

結局、みんなは理解してくれた。バス乗り場までレンタカーで送ってくれた。

親友の結婚式で、私は生まれて初めて一人旅をする決心をしていた。不思議と怖くはなかった。

心配そうに見守るみんなに見送られ、まだバスのステップに足を一歩かけただけだったが、これからは自分には何でもできそうだった。

流されて

ここマレーシアの孤島に着いたのは午後の早い時間だった。まだ日は高く、ハネムーンスイートに荷物だけ置くと、水着にも着替えず、私は尚也を誘ってビーチに出た。

日を浴びた真っ白な砂浜は熱く、真っ青な空と海がどこまでも広がっている。

ジーンズの裾《すそ》をまくり上げて、尚也が波打ち際まで歩いていく。

波打ち際を歩く尚也に「水着に着替えてくればいいのに」と声をかけた。だが、声が届かなかったのか、尚也はこちらに背を向けて、足元の青い波を蹴《け》り続けていた。

蹴られた波が激しく散った。散った飛沫《しぶき》さえ、真っ青だった。

辺りには波の音しかせず、耳を澄ませば、遠くを流れていく雲の音さえ聞こえそうだった。

波を蹴る尚也の背中を眺めながら、自分が結婚した人はこの人なんだ、という気持ちが、今さらながら強く浮かぶ。

近くにあったデッキチェアに腰をかけると、誰かが寝転んでいたのか、足元に濡《ぬ》れた砂が固まっていた。腕を伸ばして砂に触れた。砂の塊《かたまり》は簡単に崩れてしまう。

「ぜんぜん冷たくないぞー!」

波打ち際から声がして顔を上げた。尚也がまた青い波を蹴った。こんなに無邪気な様子の尚也は、初めて見るような気がした。

旅行へ出ると、私は日記を必ずつける。

普段、日記はおろか、年賀状でさえ書くのが面倒なほどの筆無精なくせに、なぜか旅先だと書いてみたくなる。

旅先での感傷がそうさせるのか、日記の内容や文体はたいていクサい。ロマンティックと言えば救われるが、正直、後日読み返せるような代物ではないと、自分でも分かっている。

たとえば、大学の卒業旅行で友人らとアメリカの西海岸に行ったときには、到着したその日の夜に、こんなことを恥ずかしげもなく書いている。

空港を出ると、真っ青な空が広がっていた。圧巻だった。こんなに大きくて青い空を、私は生まれて初めて見た。この空の青さが、どんな青か、それをきちんと言葉にできるような人と、私は将来結婚したい。

この日記帳を、私は慌ただしい引っ越しの最中に偶然見つけた。横では手伝いに来てくれた尚也が、水を浴びたような汗をかいて働いていたので、さすがに懐かしいからといって、その場で読み返すわけにはいかなかったが、パラパラと捲《めく》ったページの中に、そんな文章を見つけたのだ。

一人暮らしだったとはいえ、八年も暮らした部屋からの引っ越しは予想以上に大変だった。

行き先が尚也との結婚生活を送る新居だったから、この大変さも多少軽減したが、もしもこれが単純な移転だったなら、途中で「更新料払うから、やっぱりここに住み続ける！」と音を上げていたかもしれない。

すべての荷物が引っ越し業者のトラックに載せられて、がらんとした埃《ほこり》っぽい部屋に一人で立っていると、これまでのいろんなことが思い出されて、一瞬、目頭が熱くなった。

基本的に感傷に耽《ふけ》りやすいタイプなので、ある意味、涙を流す絶好の機会だった。

ただ、いざ泣こうかというところで、鼻歌混じりに階段を駆け上がってきた尚也に「どうする？　立ち食いソバか、牛丼《ぎゅうどん》くらいなら食う時間あるけど」と声をかけられ、溢《あふ》れそうだった涙もすっと引いてしまった。

「なんか、ここに八年もいたんだと思うと、急にうるうるきちゃって……」

すでに涙は引いていたが、賛同を求めたくてそう言った。

「八年かぁ。ってことは三回も更新したわけ？」

「え？」

「だって二年契約だろ？」

「そ、そうだけど……」

「俺、あの更新料って、ほんと人を馬鹿にしてると思うんだよな。かといって、引っ越せば引っ越したで、礼金なんて訳分かんないのもあるしな」

尚也がどこか納得いかないような顔で、窓を閉めて回る。

尚也との会話はだいたいこうなる。八年間の一人暮らしの終焉《しゅうえん》という感傷が、あっという間に更新料や礼金システムへの疑問へ変わるのだ。

現実的な性格というか、不粋というか、カチンとくることも多々あるが、親友の真帆に言わせれば、尚也のそんなところが「地に足がついている」感じで好感が持てるらしい。

尚也に出会うまで、どちらかというと非現実的な男とばかり付き合ってきた。もちろん真帆に「好感が持てる」などと言われた男など一人もいない。一流ベーシストを目指しながらバーテンをしていた良明など、真帆に言わせれば「人間のクズ」で、顔を合わせるたびに「あんな男とは早く別れろ」と言われ続けていた。

たしかにスタジオ代として貸した金で、他の女と遊ぶような男だったから、真帆に反論することもできなかったが、クズに惚《ほ》れると、なかなか踏ん切りがつかなくなるのも正直なところで、自分以外に、こんな男を幸せにしてやれる人間はいないんじゃないかと思い込んでしまい、ついずるずると付き合ってしまったのだ。

取引先の営業マンだった尚也と知り合ったのは、そんな恋愛が終わって、もう男はいいやと、半ば自暴自棄になっていたころだった。

以前からときどき尚也の姿を見かけており、言葉を交わしたことはなかったのだが、あるとき、営業部の宴会でたまたま席が隣になった。

言葉を交わした第一印象は「真面目《まじめ》そうな人」という至って簡単なもので、特に会話が弾んだ記憶もない。

ただ、何が良かったのか、その後、会社で顔を合わせるたびに「今度食事でもいきましょうよ」と誘われるようになった。

最初はなんだかんだと理由をつけて断っていたのだが、途中からその断る理由を考え出すのが面倒になるわりに、誘われること自体には面倒になっていない自分に気づいた。

尚也に好意を持ったわけではない。どちらかといえば、好意を持たずに済みそうな人だったから、気軽に食事くらいは行けそうな気がしたのだと思う。

それまで、この人のためになら死ねる、というレベルが、恋愛だと思っていた。少し大袈裟《おおげさ》かもしれないが、誰かを好きになるということは、そういうことなのだと思い込んでいた。

ずっと自分が相手を追っていたのだと思う。いつの日か、相手が自分を追ってくれることを願って。

尚也とは、読む小説、観る映画、聴く音楽がまるで違った。書店で「こんなお涙頂戴《ちょうだい》の小説、誰が読むんだろう?」と私が思う本を、尚也は狙《ねら》ったように読んでいて「すごく面白かったよ」と貸してくれようとする。

また、一緒に映画を観に行こうとすると、私がタダ券でも観ないような娯楽大作を三つ選んできて「三つも選択肢があれば、一つくらい観たいのあるよな」と自信たっぷりに言った。

これまで付き合ってきた男たちは、誠意もなければ、生活能力もなかったが、こういう場面で意見が食い違うことはなかった。立ち見が出るほどの劇場を脇目《わきめ》に、私たちはほとんど貸し切り状態の劇場で、お互いがずっと観たいと思っていた映画を観ることができたのだ。

ただ、そんな生活には先がなかった。人気のない映画は誰も知らない。会社で「休日何をしていたの?」と訊《き》かれ、「○○を観に行った」と応《こた》えても、誰も知らないから会話はそこで終わる。でも、尚也と観る映画はみんなが知っていて「面白かったでしょ」「あの主役、かっこいいよね」「誰と観に行ったの?」と会話が続き、「もしかして結婚の話なんかもう出てるの?」などと興味本位に訊かれるようになる。

尚也からプロポーズされたとき、正直、迷った。自分でも何を迷っているのか分からずに、つい真帆に相談してしまった。

「尚也さんのこと、嫌いなの?」と真帆は訊いた。

「まさか」と私は応えた。

「じゃあ、いいじゃない。ああいう人と結婚するのが一番幸せなのよ」と真帆は言う。

私がしばらく黙っていると「これは私の持論だけど、結婚って好きな人とするんじゃなくて、嫌いじゃない人とするほうがいいんじゃないかな」と真帆が言う。

「それって、同じことじゃない」と私は言った。

「そうよ。同じよ」と真帆は笑った。

「一緒にいると、安心するの」

「それでいいじゃない」

「これまでずっと、一緒にいると不安な人ばかりで……」

「知ってるよ」

「でも……」

「それって、勘違いだよ。もしくはそう思い込もうとしてただけ」

真帆は、私の反論を遮《さえぎ》るように先に言った。私が何を言おうとしたのか、言う前から分かっていたように。

ホテルの従業員の男の子が持ってきてくれた洗いたてのバスタオルを広げて、デッキチェアに寝転んでいた。波を蹴りながら、尚也は遠く岩場のほうまで歩いて行ってしまっている。

相変わらず波の音は規則正しく、パラソルの濃い影の下にいると、海からの潮風が心地いい。

男の子がミネラルウォーターをよく磨かれたグラスに入れて持ってきてくれた。お礼代わりに微笑《ほほえ》みかけると、「新婚旅行ですか?」と訊きながら、男の子が波打ち際から戻ってくる尚也のほうに目を向ける。

「そうだけど、どうして分かったの?」と私は訊いた。

男の子は小首を傾《かし》げながらも「幸せそうだから」と微笑んだ。

男の子が持ってきてくれたミネラルウォーターはよく冷えていた。喉《のど》を落ちていく冷たさが、火照《ほて》ったからだの隅々まで広がっていく。

波打ち際から歩いてくる尚也の踵《かかと》が、白砂に深く埋まるのが見える。足を前へ出すたびに、日差しの中、飛び散った砂がきらきらと輝く。

「部屋に戻って、水着に着替えてくる？　それか、ちょっと早いけど晩メシにしてもいいけど」

まくったジーンズが膝《ひざ》の辺りまでずぶ濡れだった。強い日差しが、尚也の顔に濃い影を作っている。

「今の男の子と何しゃべってたの？」

そう言いながら、尚也は隣のデッキチェアに腰かけた。

「別に」

「湿気がないから、暑くても気持ちいいよな」

尚也がグラスの水を喉を鳴らして飲む。

「ねぇ」

「ん？」

「すごい空だよね」

私は真っ直《ます》ぐに水平線を眺めた。海の青と、空の青が、そこでくっきりと区切られている。

「真っ青だな」

同じように水平線を見つめた尚也がそう呟《つぶや》く。

「ねぇ、この青って、どんな青色？」

「どんな青色？　青は青だろ」

尚也が首を傾げたまま、私に笑顔を向ける。

「そりゃ、そうだけど……」

「空の青は、空の青。海の青は、海の青」

尚也が自信たっぷりにそう言い切る。そう、まるで真っ青な空のように、一点の曇りもない笑顔を浮かべて。

そのとき、見つけた、と私は思った。この空がどんな青か、答えられる人ではなくて、この空と同じ色の笑顔を見せる人を。

エッセイ

バンコク

タムくんが運転する車は、チャオプラヤ川に架かる橋を渡った。

助手席に座っているタムくんの彼女、ウィーちゃんの携帯が鳴ったのはそのときで、友達らしい相手と上品な笑い声を立てて話し始めた彼女のために、タムくんがステレオのボリュームを下げてやる。流れていたのは、たしかビョークのバラードだった。

チャオプラヤ川は、喧噪《けんそう》のバンコク市内を南北に縦断している。地図で見ると、両手を合わせて挨拶《あいさつ》するタイの人たちの仕草に似ている。川はゆったりと何度も何度も蛇行を繰り返し、タイ湾に流れ込む。

川沿いには、ザ・オリエンタル、ザ・ペニンシュラ、シャングリラなどの一流ホテルが建っている。深い森を溶かし込んだような色の川を、観光客や地元の人を乗せた水上バスや、各ホテルのゴンドラが行き交う。

眺めているだけで、船上を吹き抜けていく南国の風を感じる。日に灼《や》けて少しヒリヒリする肌を、風はゆっくりと冷やしているに違いない。

電話を終えたウィーちゃんが、話の内容をタムくんに伝える。何かいい知らせだったのか、ルームミラーに映っているタムくんの目元がほころび、ハンドルを握っていた左手をそっとウィーちゃんの膝《ひざ》に置く。

＊

今回、同行していた映画配給会社の方から、二人を紹介してもらったのは三日前のことだった。待ち合わせたのは『シロッコ』という地上六十三階のシーフードレストラン。屋外に並べられたテーブル席から手を伸ばせば、バンコクの夜景を摑《つか》み取れるような天空のレストランだった。

先にテーブルに着いていた僕らの前に、二人は仲良く手をつなぎ、少しはにかむような笑みを浮かべて現れた。微笑《ほほえ》みの国。色とりどりの果物。夕暮れのスコール。タイという国が持つ美しいイメージを寄せ集めたようなカップルだった。

タムくんは神戸に三年ほどの留学経験があり、ウィーちゃんはお母さんが日本人で日本語には不自由しない。初対面で少しだけぎこちなく始まった夕食も、ワイングラスを傾けているうちに、次第に賑《にぎ》やかなものになってくる。

ちなみにタムくんは現在日本の雑誌でも連載を持つ漫画家で、『タムくんとイープン』という可愛らしい本も、すでに日本で発売されている。話の中で、よしもとばななさんの『なんくるない』の表紙のイラストもタムくんが描いたものだと知った。その本なら自宅の本棚に並んでいる。タムくんのイラストとは、すでに出会っていたわけだ。

バンコクを訪れるのは、今回が二度目だった。一度目は取材でラオスに行った帰りで、同行していたのがボンドガールのような女性編集者二人だったので、バンヤンツリー、オリエンタル、スコータイと、一流ホテルのスパ＆レストラン巡りに明け暮れ、それはそれで楽しかったのだが、バンコクの半分しか見ていなかった。

この話をタムくんとウィーちゃんにすると、面白いところがあるから連れて行ってあげると言ってくれた。バンコクの中心部からは少し離れるが、運河に浮かんだ艀《はしけ》の周りに、魚の塩焼きなど海鮮料理を作る小舟が集まり、のんびりと風に吹かれて食事のできるところだという。

飛行機の都合で、最後の日を一人で過ごすことになっていたので、二人の誘いを喜んで受けた。到着したその日から、熱帯の夜に浮かれて歓楽街をほっつき歩くような激しい旅をしていたせいか、清楚《せいそ》な二人からの誘いはまるで異国への招待のようにさえ感じられた。

今回の旅行では、様々な人に会うことができた。日本でも翻訳が出ているタイの有名小説家プラープダー・ユン氏や、現在ユン氏と映画制作を進めているアメリカ人のプロデューサー、バンコクでレストランを経営している滞在歴十五年の日本人Kさんや、タイを中心に活躍する日本人歌手Ｍｏｍｏｋｏさんなど、錚々《そうそう》たる方々に会い、いろいろな話を聞かせてもらった。

中でも印象的だったのは、Ｍｏｍｏｋｏさんとレストランの外で煙草《タバコ》を吸っていたとき、「どうしてタイにいるんですか?」という僕の乱暴な質問に、「タイと日本には似ているところがある」と答えた彼女の言葉だ。

「どの辺が似てるんですか?」と僕は訊《き》いた。

彼女は少しだけ悩んだあと、こう答えた。

「タイの人は、何かを許してあげることに最大の美徳を感じるようなところがあるんですよ。この感覚って、日本人に近いでしょ?」

そう訊かれ、一瞬、言葉に詰まった。

寛大な心というものが、今の日本で代表的な美徳として残っているだろうか。相手を許してあげたいと思う気持ちと、相手に謝らせたいと思う気持ち。自分も含め、そのどちらが心を支配しているだろうか。

＊

水上レストランへ向かう車内で、「バンコクは気に入りましたか?」とタムくんに訊かれた。迷わずに、「ええ。とても」と答えた。

「どの辺が?」

「好きなところを挙げると切りがないけど、この一週間、嫌な思いをしたことが一度もないんだよね。唯一、ホテルの浴室が天井から水漏れして困ったけど、ホテルの人たちも親切で、一泊分タダにしてくれたし」

「高級なところばっかり行ってたからでしょ?」

冗談半分にウィーちゃんが口を挟んでくる。

「じゃあ、もしかしたら、これから行くところで、嫌な目に遭うかもね」

少し心配するように、少しおどけるようにして、タムくんが笑う。

到着したのは、予想以上に活気ある水上マーケットだった。長さ五十メートルはある艀が運河に浮かび、美味《おい》しそうな料理を作る小舟が、そこをずらっと取り囲んでいる。すでに艀に用意された座卓は満席で、それぞれに海老《えび》の塩焼き、牡蠣《かき》のオムレツ、甘いたれをつけて食べる焼き鳥に、大きな川魚の蒸し焼きなどが並び、家族連れや若いカップルが賑やかに料理を囲んでいる。

「どれ、食べたい?」

そう訊かれ、「あれと、あれと、あ、あれも」と、指を差し始めたらキリがない。

やっと見つけた空きテーブルは、艀の先端だった。足元には運河が流れ、心地よい風がテーブルクロスをはためかせている。

冷えていないビールを買って、グラスに氷を入れて乾杯した。先端まで来る途中に注文した料理も、次々に運ばれてくる。

頭上に古い鉄道の鉄橋が架かっていた。今にも崩れそうだったので、「もう使われてないんだよね?」と尋ねると、「いえ、使われてますよ」と二人が首を振る。

「だって……」

対岸に水浴びをしている男の子たちの姿があった。濡《ぬ》れた褐色の背中に日が当たり、きらきらと輝いている。昔、日本の田舎《いなか》でもよく見られたが、その中の何人かが鉄橋へ上り、そこから川へ飛び込んでいる。

「だって、あんなところにいて、電車が来たら危なくない？」

そう尋ねたときだった。遠くから地響きのような音が伝わってきた。その瞬間、枕木《まくらぎ》の下とでも言えばいいのか、鉄橋の骨組みとでも言えばいいのか、とにかく近づいてきた電車の真下に、子供たちがすっとかがみ込んで隠れたのだ。

「え！　あそこで大丈夫なの？」

思わず声を上げた。次の瞬間、鳩《はと》のように鉄橋の縁にしゃがんだ子供たちの頭上を、二輛《にりよう》編成の電車があっという間に通り過ぎ、再び枕木の間から南国の真っ青な空が見える。すぐに立ち上がった子供たちが次々と歓声を上げ、何事もなかったように、きらきらした運河に飛び込んでいく。

「タイ」という言葉は「自由」を意味するらしい。そして自由と名付けられた国の人々は、人を許すことを美徳としているという。

ルアンパバン

ラオスという国を意識したのはいつごろだったろうか。記憶を遡《さかのぼ》ってみると、もう十年近くも前になるが、『てなもんや商社 萬福貿易会社』というコメディ映画があり、そのラストシーンで耳にしたのが最初だったような気がする。

この『てなもんや商社』、個人的にはとても好きな映画で、中国関連の貿易会社に就職する主人公に小林聡美さん、中国人の上司役に渡辺謙さん、その妻に桃井かおりさんと、今思えば、かなり豪華なキャストだった。

物語は、軽い気持ちで貿易会社に就職した主人公が、日本と中国の習慣や商売のやり方の違いに戸惑いながらも、持ち前の明るさで逞《たくま》しく成長していくというもので、覚えたての中国語で「仮面舞踏会」を歌い踊るシーンや、故障したトラックに置き去りにされた主人公が、中国のゆったりとした時間の流れを肌で感じるシーンなど、十年経った今でも鮮明に思い出すことができる。

この映画のラストシーンで、渡辺謙さん演じる王《ワン》課長が、「そろそろ中国の方々も商売のやり方を覚えました。今度はラオスに向かいます」というような台詞《せりふ》を言うのだ。

たかが十年前の映画だが、この台詞だけでも中国という国がどれほど劇的に変化したかが分かる。そして、おそらくこの時に、僕はラオスという国を初めて意識したように思う。

数年後、ある雑誌の企画で、ベトナム・インドネシア・ラオスの中から選び、取材に出かけてくれないかという話をもらった。当時、三ヶ国とも訪れたことはなかったが、迷わずラオスを選んでいた。

日本からラオスへの直行便はなく、まずはバンコクへ飛び、一泊したのち、ルアンパバンへ向かうことになった。

到着したバンコクでは、仲の良い編集者とカメラマン共々、バンヤンツリーホテルという高級ホテルに宿泊し、最上階にあるレストランで夕食をとった。

このレストラン、日本では考えられないが、地上四十五階にあるオープンエアのレストランで、夜空に投げ出されたような場所で食事ができる。

「こういうスノッブな場所って、実は、ちょっと苦手なんですよね」

カメラマンのA氏がそう呟《つぶや》いたのは、前菜からスープ、メインと続いた食事も終わり、デザートを待っているときだった。

「……東京なんかでも、シャレたレストランより、ガード下の焼き鳥屋なんかが落ち着くんですよ」

A氏の話を聞きながら、たしかにどちらが落ち着くかと言われれば、自分もそっちだな、と考えていた。

A氏は続けて好みの旅行スタイルの話をしてくれた。集団行動を強いられるツアー旅行よりは個人旅行、ホテルなどを事前に決めるよりは、行き当たりばったりのバックパッカー、いわゆる貧乏旅行のほうが楽しいと。

そこまで聞いて、若いころのことをふと思い出した。

当時、友人たちの多くが、このバックパッカー旅行を楽しんでいた。友人たちに何度も誘われたことがある。「ゲストハウスは安いし、食費をケチれば、二週間くらい滞在できるし」などと、貧乏旅行の楽しさを吹聴されたのだ。

だが、そのたびに、「みんな、金持ってるんだなぁ」と僕は内心感じていたような気がする。当時、家賃の安いアパートに暮らし、日々、食費をケチっていたので、何もわざわざ海外にまで出かけていって、「東京」と同じ暮らしをすることはないと思っていたのだ。

＊

翌日、バンコクからラオスの古都ルアンパバンへ向かった。

ルアンパバンは、王国時代に建てられたワットシェントーンという美しい寺を中心にした、とても小さく、とても美しい街だった。宿泊したホテルの窓からは、隣に建つ小さな僧院が見え、鮮やかなオレンジ色の袈裟《けさ》をまとった少年僧侶《そうりょ》たちが、午後の日差しの下、小さな日陰を見つけて休憩している様子が見えた。

ホテルの自転車を借りて、すぐに街へ出た。ホテルや寺院の建ち並ぶメインストリートはすぐに終わり、目の前に雄大なメコン川の流れが現れる。

メコン川沿いの通りに、多くのゲストハウスが建っていた。インターネットを使用できる小さなカフェもある。川を見下ろせるテラス席では、欧米からの観光客たちが南国の昼下がりをのんびりと過ごしている。

民家の建ち並ぶ路地へ入ると、軒先で野菜や果物を売っていた。市場というよりも、各家庭が勝手に商売をしている感じで、品物は並んでいるが肝心の商店主の姿が見えないところも多い。なかに五、六歳くらいの姉妹がちょこんと並んでいる店があった。店番というよりも、たまたまそこで遊んでいるらしい。

二人の前に自転車を停《と》めると、中からお父さんらしき男性が現れた。一見して観光客なので、野菜を買う客ではないと判断したのだろう、ちょっとがっかりした顔をして、娘たちの横に腰を下ろす。

寄り添う姉妹があまりにも可愛かったので、携帯カメラで撮影してもいいかと、お父さんに身振り手振りで尋ねると、「どうぞ」とでも言うように微笑《ほほえ》んでくれた。女の子たちはカメラを向けると、とてもはにかんだ顔をした。照れ臭いのか、お互いに相手の背中に隠れようとする。

撮った写真を二人に見せると、頰《ほお》を寄せて覗《のぞ》き込んだ。光の加減で見えにくいようだったので、携帯をそのまま二人に渡した。映りに満足してくれたのか、楽しそうに笑いながら何度も何度も画像を確かめる。

横にいたお父さんが、「壊すなよ」とでも声をかけたのだろう、二人はやっと画像から目を放し、携帯をこちらに返してくれた。

小高いプーシーの丘に建つタートチョムシー、美しいクアンシーの滝など、ルアンパバンには見るべき場所が数多くある。

中でも一番印象深かったのは、ホテルの窓から見えた広大な椰子《やし》の原生林だ。砂浜や街路樹としてぽつんぽつんと立つ椰子の木ならば見たことはあるが、視界を埋め尽くすような圧倒的な椰子の原生林は、眺めているだけで地球の鼓動を感じられた。

＊

ルアンパバン市内からメコン川をしばらく遡った場所にパクオウという洞窟《どうくつ》があった。断崖絶壁《だんがいぜっぺき》にある洞窟内には、人々が運び込んだ四千体以上もの大小の仏像が安置されている。

洞窟へ向かう小舟の上から触れたメコン川の冷たさを、今でもはっきりと覚えている。

市場の姉妹に再会したのは、この洞窟から戻ったときだった。

小舟を降りて、メコン川を背に長い階段を上がっていくと、展望台のような小さな休憩所があり、例の姉妹が二人並んで、じっとメコン川を眺めていたのだ。

二人も昨日会った観光客の顔を覚えていてくれたらしく、微笑みかけると、またはにかんで笑いながら、互いの背中に隠れようとする。

長い階段だったので、二人のそばでしばらく休憩することにした。二人はまた眼下の雄大なメコン川を眺め始めた。二人の日に灼《や》けた頬を、西日が染めて、それはそれは美しかった。

二人はただじっと川を眺めていた。言葉を交わすわけでもなく、本当に、じっと、眺めている二人の瞳《ひとみ》に、はっきりとメコンの美しい流れが映っていた。

そんな二人の横顔を眺めながら、なぜかふと、バンコクのレストランでのA氏の言葉が思い出された。

「……東京なんかでも、シャレたレストランより、ガード下の焼き鳥屋なんかが落ち着くんですよ」

理由は分からない。ただ、そう言ったA氏の言葉と、それに共感した自分の姿がはっきりと浮かんだのだ。そして次の瞬間、メコン川を眺める姉妹に、この言葉を聞かせたくないと思った。

これも理由は分からない。ただ、とつぜんそう思い、僕は慌ててその場から逃げ去ったのだ。

未《いま》だにこのときの感覚を、自分でも理解できずにいる。彼女たちに何を聞かれたくなかったのか。彼女たちに何を知られたくなかったのか。

オスロ

今、一番好きなヨーロッパの街はと聞かれたら、オスロと答えるかもしれない。訪れたのは昨年、北欧四ヶ国を巡る駆け足の旅の中でだった。

オスロはとてもこぢんまりとした街で、駅と王宮に挟まれたせいぜい三キロほどの一帯に、全てがあると言っても過言ではない。実際、駅からホテルへスーツケースをゴロゴロと引き摺《ず》って歩いているうちに、オスロ大聖堂、国立劇場、市庁舎と、ガイドブックで紹介されていた主要な建物の殆《ほとん》どを見ることができた。

あれはオスロに着いて翌日の午後だったか、ふと思い立ち、ホテルから郊外のほうへ歩いてみた。市街地にはカフェが並び、街全体が公園のような印象だったが、少し郊外へ出た途端に閑静な住宅地が広がっている。

なかなか電車の通らない路面電車の線路沿いに歩いていくと、住宅街の一角にぽつんと小さなカフェがあった。たしかMOCCA《モカ》という名前だったと思う。

ガラス張りの店内を覗《のぞ》くと、水色を基調にした北欧チックなシャレた内装で、カウンターに五席と、四人掛けテーブル席が三つ並んだ居心地の良さそうなカフェだった。市街地からは離れていたので、客は地元の人たちばかりのようで、ふらっと入ってきた日本人に一瞬、視線は集まったが、留《とど》まることはなかった。

カウンターで小さく微笑《ほほえ》んでくれた若い女性のスタッフにカプチーノを注文して、窓側のテーブル席に腰かけた。

店内にはピアノ曲が流れている。隣の隣のテーブルには老夫婦がいて、手作りなのか、ラップに包まれたクッキー片手に、何を話すでもなく通りを眺めている。カウンターに並んで腰かけているゲイのカップルの足元には、大きなゴールデンレトリバーが寝そべっていて、こちらを見ながら、興味なさそうに大きなあくびをする。さっきまで一台も通らなかった路面電車が、なぜか三台も続けて走っていく。

＊

カフェと言えば、つい先月のことだが、かなりマニアックな女性編集者に誘われて、「メイドカフェ」と「執事カフェ」なる場所に生まれて初めて足を踏み入れた。

両店のメンバーズカードまで持っているという彼女から、ずっと誘われてはいたのだが、子供の頃からほとんど漫画を読んでおらず、国民的映画であるジブリ作品でさえ『カリオストロの城』しか観たことがないくらい、その手のエリアとは無縁な人間だったので、なんだかんだと理由をつけて断っていた。

しかし、あまりにも熱心に誘ってくれるので、だんだんと申し訳なくなってしまい、重い腰を上げたのだ。

まず向かったのは「執事カフェ」と呼ばれる喫茶店だった。

「執事カフェって、男の客も入れるんですか?」

自分としては真っ当な質問だと思ったのだが、彼女がなぜかきょとんとする。

「入れますよ。どうしてですか?」

店に入ると、執事の親玉みたいな男性がいて、なぜか待合室で待たされた。しばらく待っていると、「どうぞ」と呼ばれ、分厚いドアの前に立たされる。次の瞬間、すっと開いたドアの向こうに若い執事が立っており、「お帰りなさいませ」と迎えてくれるのだ。

案内された店内は、高級ホテルのサロンのような造りで、満席だった。見ればちらほらと男性客の姿もある。

簡単に言ってしまえば、高級レストランでのホスピタリティーに、「お嬢様」とか「旦那《だんな》さま」といった言葉がつくとでも言ったらいいのだろうか。

席に向かうと、椅子《いす》を引いてくれる。丁寧にメニューの説明をしてくれる。注文した紅茶を注《つ》いでくれ、飲み干せば、すぐにお代わりを注ぎに来てくれて、トイレに立てば、きちんと入口のドアまで案内してくれる。☆のついたレストランなら、たぶん普通のサービスで、ただ、そこに「お注ぎしましょうか、お嬢様」とか「トイレはこちらでございます、旦那さま」とか、妙な呼び名がつくだけなのだ。

いつも予約でいっぱいだと聞いていたので、「あの、なんていうか、普通なんですね」と素直な感想を述べると、「普通ですよ」と彼女も答える。

あまりにも普通だったので、周囲のテーブルも観察してみた。四人組の女性客はキッシュなどを口に運びながら、担当の執事と天気の話などをしている。少し離れたテーブルでは、ダブルデートらしい二組の少年少女が、緊張した面持ちで紅茶を飲んでいる。

「やっぱり普通ですね」と改めて言った。

「だから普通ですよ」と彼女も答える。

なんだか狐《きつね》にでもつままれたような感じで、店を出て、予定通りに次はメイドカフェに向かった。

正直、執事カフェに比べればまだメイドカフェのほうがイメージも湧《わ》きやすい。店に入ると、まず中学や高校の教室で使われている机が並んでいるのが目に飛び込んできた。まさかこの机で珈琲《コーヒー》を？　と不安になっていると、こちらは一人客用らしく、所謂《いわゆる》アニメのキャラクターに扮装《ふんそう》したウェイトレスが、奥の（普通の）テーブルに案内してくれる。

執事カフェに比べれば、接客は至って普通で、へんな格好さえしていなければ、どこにでもある一昔前の喫茶店というか洋食屋にしか見えない。

生ビールを注文してウェイトレスが厨房《ちゆうぼう》に姿を消すと、「メイドの格好じゃないんですね」と聞いてみた。

メイドカフェと言うくらいだから、みんなメイドの格好をしていると単純に思っていたのだ。彼女は今のウェイトレスが何のコスプレをしているのか教えてくれたが、知識がない上に興味もないので、結局、その長い名前を覚えられなかった。

「メイドの格好じゃなくてもいいんですね」しつこく聞いてみた。

「いいんですよ。自分のしたい格好で」

「え？　あれ、自分がしたいんですか？　店の制服じゃなくて？」

自分ではかなり真っ当な驚きだったのだが、彼女はまたきょとんとしていた。

店内では会社帰りの若いサラリーマンが、普通に生ビールを飲んでおり、ちょっと離れた席では、大学生くらいのグループが揃《そろ》ってカツカレーを食べている。

「なんか普通ですね」

「だから普通ですよ」

生ビールを一杯ずつ飲んで、店を出て、夕食を食べましょうということで、駅ビルのレストランフロアの焼き鳥店に入った。注文を取りにきたのは、法被《はっぴ》姿《すがた》に、ねじり鉢巻きをした若者だった。……いや、普通のことなのだが。

＊

オスロ郊外でふらっと立ち寄ったカフェで、カプチーノを飲んでいると、七、八歳の男の子たちが二人駆け込んできた。肌の色も瞳《ひとみ》の色も違い、兄弟には見えない。あとから母親たちもやってくるのかと思っていたが、カウンターで何やら注文すると、隣のテーブル席に並んで腰掛け、椅子からだらんと垂れた互いの足で、持ってきたサッカーボールを転がしながら話し始める。

二人が注文したのはオレンジジュースだった。テーブルに運ばれたジュースを飲みながらも会話は止《や》まず、足元ではずっとボールを蹴《け》り合っている。ボールに興味を示したゴールデンレトリバーがのっそりと起き上がり、二人の足元へやってくる。ただ、ちょっかいを出すわけでもなく、二人の足元に体を伸ばし、また大きなあくびをする。

男の子たちはジュースを飲み干すと、すぐに席を立って店を出て行った。グラスを片付けにきた若い女性スタッフが、僕が持っていた日本のガイドブックを見つけ、「みんな、その本を持ってるのね」と微笑みかけてくる。

テーブルに置いていたのは『地球の歩き方』だった。

「どこでも手に入る有名なガイドブックだから」僕は答えた。

「その本に、この店が載ってるの?」

彼女の質問に、僕は首をふった。それ以上、会話はなかった。

カップに残ったカプチーノを飲みながら、また外の通りを眺めた。郊外の小さなカフェに立ち寄って、何を期待したというわけではなかったが、普通だなぁと、ふと思った。旅先で見つける普通というのは、なぜこんなにも愛《いと》おしいのだろうか、と。

台《タイ》北《ペイ》

台北の友人に物騒な名前のついた温泉施設があることを聞いた。場所は陽明山《ヤンミンサン》。台北市内から車なら二、三十分で行けるらしい。

友人はそこの名前を英語でこう教えてくれた。

やくざ温泉。

要するにその手の人たちが、昔から好んで集まる無料の温泉施設らしいのだが、笑いながら教えてくれたところを見ると、少し大袈裟《おおげさ》に言っているのかもしれない。

早速、ホテルの前のバス停から陽明山に向かった。高級住宅地の天母《テンムー》を抜けた辺りから、鬱蒼《うっそう》とした森が広がり始める。くねくねとした山道の両側には、日帰り温泉施設やレストランの看板が並んでいる。

この辺の温泉にならもう何度も来たことがある。景色のいい露天風呂《ろてんぶろ》にのんびりと浸《つ》かって、併設のレストランで台湾ビールと台湾料理に舌鼓《したつづみ》を打つ。

欧米のスパなどでは入浴マナーが多少違って、場違いな思いをすることもあるが、ここは台湾、露天風呂では日本の演歌も流れているし、風呂上がりにはつい日本語で「すいません、とりあえずビール！」と頼みたくなるほどリラックスできる。

このような施設が建ち並ぶ一郭を抜けたところでバスを降りた。すでに夜。バスが走り去っていくと、樹々に隠れたオンレジ色の街灯だけが、ぽつりぽつりと山道を照らしている。

友人が教えてくれた通りにしばらく歩いた。確かに森の中へ入っていく細道がある。しかしバス通りにあった街灯もなく、月明かりに頼るしかない。しばらく歩くと、広い空き地があって、数台の車が停《と》まっている。だが、営利目的の温泉ではないから、どこを探しても看板がない。途方に暮れているところに、小さな渓流沿いに伸びる遊歩道を見つけた。微《かす》かに硫黄《いおう》の匂《にお》いも漂ってくる。

所々に七福神像が奉《まつ》られた遊歩道を十分ほど登っただろうか、真っ暗な渓流の谷《たに》間《あい》にぽつりぽつりと灯《あか》りが見えた。多少不安もあったが、足が勝手に急ぎだす。

渓流を挟むように古い建物が建っていた。最初に現れたのは、対岸の建物だ。コンクリート造りの建物の窓は開け放たれて、立ちのぼる湯気が電灯に照らされている。真っ暗な山奥なので、ぽっかりと浮かんだ浴室内がとても明るい。

一瞬、足が止まった。桶《おけ》で湯を浴びている男の背中に、友人が教えてくれた通り、見事な彫り物があったのだ。

躊躇《ためら》っていると、歩道の先から子供の笑い声が聞こえた。奥にも別の建物があるらしい。きっとそっちは一般用だろうと自分に言い聞かせ、先へ進む。

現れたのは、いわゆる公共の古い温泉施設だった。注意書きは読めないが、男湯女湯くらいなら分かる。子供の笑い声は女湯のほうから聞こえていた。

靴と靴下を脱ぎ、湯気の立つ浴場に入ると、脱衣所の前に置かれたテーブルで、年配の男たちが麻雀《マージャン》をしていた。全員、全裸。一瞬、たじろぐが、横には湯船もあるわけで、「そうか。温泉だもんな」と思えば、自然な光景に見えてくる。

男たちはきょろきょろしている日本人観光客を気にもしない。さっさと服を脱いで湯船に向かった。

陽明山の温泉は白濁した強酸性の硫黄泉で、これぞ温泉という強さがある。そして、とても熱い。

同年輩の先客が一人いる。彼に気を遣いながら、爪先《つまさき》からそっと湯に入れた。予想通り痺《しび》れるくらいに熱い。たっぷりと時間をかけて腰まで浸かり、殆《ほとん》ど深呼吸するようにやっと肩まで入れたところで、先客の男と目が合った。なぜか半笑いでこっちを見ている。なんだろうかと首を傾《かし》げると、僕がしゃがみ込んだ辺りを指差して、何やら言い出す。

「分からない」と首を振れば、「こっちに来い」と手招きをする。

どうやら熱さを我慢して浸かった場所に、源泉の流れ込む管《くだ》があったらしい。慌てて立ち上がって場所を移った。こんなことなら、地元の人に気など遣わず、最初から人がいるほうに入ればよかったのだ。

程よい加減の湯に浸かったあと、屋外の水風呂に入った。火照《ほて》った身体《からだ》に、谷間を吹き抜ける風が触れる。谷を望むこの水風呂の感触を、どう伝えたらいいのか分からない。高級ミネラルウォーターに浸かったらこんな感じなのだろうか、とにかくあんな感触の水風呂は初めてだった。

*

空港を出た瞬間、身体にしっくりと馴染《なじ》む国がある。天候、気温、体調、時間帯……、様々な条件が偶然に巧《うま》く重なるのかもしれないし、天候が良かろうが悪かろうが、馴染む街は無条件に馴染むのかもしれない。僕にとってここ台湾はそんな国だ。

初めて台湾を訪れたのは、七、八年も前になる。以来、年に二、三回はふらりと訪ねてしまう。まず、片道約三時間と近いのがいい。そして何より、人がいい。地元の人はもちろんだが、なぜか台湾に来ている日本人観光客まで優しいような気がする。

たとえば、海外でばったりと日本人同士が会ってしまうと、どこかバツが悪い。せっかくの海外でわざわざ日本人と会う必要もないと思うのか、必死で話している片言の英語を同じ日本人に聞かれるのが照れ臭いのか、とにかくあまりいい気持ちはしない。だが、単なる思い込みなのかもしれないが、ここ台湾では事情が異なるような気がしてならない。

もちろん台北の町中で出会っても会釈などしないが、陽明山の公園などを散歩している際、何度か微笑《ほほえ》みかけられたことがある。極めつけは、初めて台湾に来た時のことなのだが、市内の有名な四川《しせん》料理店に行くと、あいにくの満席で、落胆している僕たちに、「僕ら、もうデザートなんで、ちゃちゃっと食べちゃいますから」と近くのテーブルにいた日本人観光客グループの人が声をかけてくれたのだ。

些細《ささい》なことかもしれないが、こんな経験、海外はおろか、東京でもしたことがない。

たとえば愛情たっぷりに育てられた子供は、優しい人間になると言われる。愛され方を知っているから、愛し方が分かるわけだ。夫婦でも恋人同士でもそうだと思う。

相手に優しくされれば、気分がいいし、気分が良ければ、誰かに優しくしたくなるのが人情だ。

誰か優しくない人に会ったら、「きっとこの人は誰かに優しくされていないんだな」と思え、そう思えば、腹立ちも紛れると教えてくれたのは誰だったか。

ここ台湾には日本に好意を持っている人が多いと聞く。もちろんそう思いたい日本人の身贔屓《みびいき》もあるだろうが、確かに訪ねるたびに居心地の良さを感じる。要するに、ここ台湾で日本人観光客は愛されているわけだ。とすれば、愛されている観光客が、優しい観光客に変貌《へんぼう》してもおかしくはない。

この話を台北の友人にすると、「買いかぶりすぎだって。台湾人って、けっこう現実的だよ～」と容赦なく笑うが、間違いなくこの街には人に親切にしたくなるような、ゆったりとした雰囲気が漂っている。

＊

陽明山の公共温泉でたっぷりと寛《くつろ》いだあと、山道をバス停まで戻った。火照った身体に風も心地よかったのだと思う。バス通りに出ると、停留所には向かわずもう少し歩いてみようという気になった。

くねくねと伸びる山道を登って行けば、数軒のホテルがあることも知っていた。ぽつりぽつりとオレンジ色の街灯に照らされた山道をのんびりと歩いた。ときどきバスやスクーターが横を走り抜けていく。向かいの山に伸びる道路が見える。ちょうど樹々を内側から照らし出すように街灯が並んでいる。ライトアップされた樹々は美しく、山の空気は澄んでいた。

三十分ほど登ったところで、この街灯がなくなった。道を間違えたらしく、そろそろ見えてもいいはずのホテルも現れない。

迷ったと気づくまでは、呑気《のんき》に星空を眺めていたくせに、迷ったと分かった時点で、雲に隠れそうな月が不気味に見える。歩調を早めた。元へ戻るよりも先に進んだほうが良さそうだった。

更に十五分ほど歩いた辺りで、ちらほらと民家が見え始めた。灯りのついた窓というのは、どこにいても心が和《なご》む。

山道を逸《そ》れて、民家の建ち並ぶ界隈《かいわい》を抜けた。急な坂道をスクーターに二人乗りした若いカップルが上っていく。赤いテールランプが向かったほうへついて行くと、細い路地を抜けた先で景色が開け、眼下に台北市街の大パノラマがあった。

美味《おい》しそうな匂いに誘われて、更に路地を進んだ。次第に人通りも多くなり、横をすり抜けていくスクーターの数も増えてくる。

辿《たど》り着いたのは、学生たちで賑《にぎ》わう山頂の小さな町だった。通りには牛肉麺《ニュウロウミエン》や小籠包《ショウロンポウ》を売る店が並び、近くにある大学の学生たちが賑やかに空腹を満たしている。

一軒の店に入って牛肉麺を食べた。大蒜《にんにく》たっぷりのスープを啜《すす》っていると、隣のテーブルで若い女の子が日本語のファッション雑誌を読んでいた。

学生たちの活気に引き寄せられるように大学の構内まで入ってしまった。構内には学生寮が建ち並び、多くの学生たちがここで暮らしているらしい。殆ど寮のなくなった日本の大学ではなかなか見かけない光景だった。

寮の狭い部屋を飛び出してきた若者たちが、賑やかな笑い声を上げている。ライトアップされたバスケットコートでは、上半身裸になった青年たちが汗だくでボールを追っている。フェンスの外にたむろした女の子たちが、そんな彼らに冷やかし半分の声援を送っている。

周囲には星空しかなかった。陽明と名付けられた山の頂きで、日に灼《や》けた若者たちが、南国の長い夜を過ごしていた。

ホーチミン

とつぜん雨が降り出したのは、ベンタイン市場から9月23日公園へ向かっているときだった。

円形広場の周りを、バスやバイクが激しいクラクションを鳴らしながら走っていく。どこを探しても横断歩道がない。

地元の人は横断歩道など探さず、堂々と車道に歩き出て、円形の広場を横切っている。その歩行者を、さほどスピードも落とさずに、車やバイクが避けて走っていく。

ビルに囲まれた広場の光景が、急に薄暗くなったのはそのときで、「あ」と空を見上げた瞬間、叩《たた》きつけるようなスコールが降り出した。

一瞬にして色を変えた地面から立ち上った熱気が、鼻先をくすぐっていく。

慌てて雨宿りできる場所を探した。幸い、すぐ近くに電話ボックスがある。たかが数秒で、雨に濡《ぬ》れたシャツが肌に貼《は》りつく。

電話ボックスに駆け込むと、ますます雨脚は強くなった。地面を叩いた雨粒が、その勢いで高く跳ね上がっている。

電話ボックスの下半分のガラスが割れていて、跳ね上がった雨粒がサンダル履きの足や脛《すね》を濡らす。歩き疲れて浮腫《むく》んでいた足に、冷たい雨が心地いい。

電話ボックスのすぐ横で、バイクタクシーの運転手の男性が、バイクにビニールシートをかけ、同じく雨宿りしようとこちらに走ってくる。

互いに目で合図して、僕はボックスの奥へつめた。決して広くはないが、こちらがガラスに貼りつけば、彼が雨を凌《しの》ぐくらいのスペースは空く。

彼がベトナム語で何か話しかけてきたが、意味が分からず首を横に振った。通じないのが分かったらしく、「そうか」とでも言うように、彼も首を横に振る。

雨はますます強くなる。地面を叩く雨の音が、太鼓を乱打しているように激しく響く。ついさっきまで耳を塞《ふさ》ぎたくなるほどだった車のクラクションさえ、遠くに聞こえるほど足元の雨がうるさい。

「雨」と、男性がちょっと呆《あき》れたように英語で言うので、

「雨」と、こちらもちょっと呆れたように英語で返して、空を見上げた。

会話はそこで途切れてしまう。

見知らぬ男性と雨宿りしている狭い電話ボックスだけが、世界に残されたようだった。

*

ホーチミンに到着したのは、深夜の十二時を回ったころだった。空港からホテルへ向かうタクシーの中、初めて見るホーチミンの街は、想像していたよりも淋《さび》しいものだった。

オレンジ色の街灯は少なく、シャッターを下ろした店の看板が、その薄暗い街灯に照らされている。道の至る所で工事が行われてもいた。深夜、誰もいない工事現場だけがぽつんと取り残されている。もしかすると街の印象ではなく、深夜の工事現場というものが淋しさの原因だったのかもしれない。

ベトナムについて知識があったわけではない。残念ながら、まだベトナム人の友人もおらず、一度も訪れたことがなかった。

東南アジアの一国。フランス領だった国。ベトナム戦争。コロニアル建築。アオザイ。何度か都内のベトナム料理店へ行ったことがあるので、フォーや生春巻き、そして甘いベトナム珈琲《コーヒー》くらいは食べたり飲んだりしたことがある程度で、一般的な日本人の知識以上でも以下でもなかった。

ここ数年、ベトナムを特集する雑誌が多くなった気がする。雑誌で見かけるベトナムは、とても洗練された印象で、南国のパリを想像させる。おそらく特集されている多くが、コロニアルホテルであったり、アオザイのオーダーメイド店だったりするせいだと思うが、実際にホーチミンを歩いてみると、想像したよりもかなり雑多な印象で、逆に言えば、とても人間味溢《あふ》れた街に思えた。

今回のホーチミンはとても短い滞在だった。そのせいもあり、空港からホテルに着くと時間を惜しむように外へ出た。

東京が明る過ぎるのか、最近、東京以外のどこへ行っても、夜が夜らしく感じられるのだが、ここホーチミンもその例に漏れず、さほど多くない街灯に照らされて、ホーチミンの夜は点在している。

点在したオレンジ色の光の中を、ときどきバイクが走り抜ける。光の中から、暗《くら》闇《やみ》へ、そして次の光の中へと走るバイクの残像は美しい。

ホテルのスタッフに教えてもらった深夜営業のバーへ向かっていると、バイクに乗った若い男が近づいてきて、別のバーを紹介された。断って歩き出しても、その横をバイクでゆっくりとついてくる。話しかけられても、しばらく無視していたのだが、彼に気を取られて道に迷ったらしく、目指していたバーが見つからない。

「どこに行くんだ？」と彼が訊《き》くので、教えてもらったバーの名前を告げた。

「それなら、そこの角を右だよ」

別のバーをしつこく紹介していたくせに、なぜか親切に教えてくれる。教えられた角を右に曲がると、たしかに探していたバーがあった。礼を言おうと振り返ったが、そこに男の姿はすでになかった。

＊

ホーチミンから車で約二時間。ヴンタウというビーチリゾートへ出かけたのは最終日のことだった。

そこへは日帰り旅行で、その日の夜にはホーチミンを発つ予定だったので、ビーチだというのに水着はおろか、タオルも持参しなかった。

高速道路を降りるとすぐに、景色が一変した。計画的に造られた街らしく、ビーチ沿いに延びる道は新しく、建ち並ぶ白壁のホテルも高級リゾート地らしい重厚なものが多かった。

強い冷房の効いていた車を、一軒のレストランの前で降りると、南国の日差しが身体《からだ》に重くのしかかる。ホーチミン市街地の日差しとは違い、そこに濃い潮の香りが混じっている。

入ったレストランからはどこまでも続く白砂のビーチが一望できた。中途半端な時間だったせいか、客はほとんどいない。迷わずテラス席へ出て、眼前に広がる南シナ海を見渡した。

真っ青な空には雲一つない。規則正しく打ち寄せる波はさほど高くなく、大勢の海水浴客たちが打ち寄せる波と戯れる賑《にぎ》やかな声が微《かす》かに聞こえる。

テラス席の真下にテントが張られ、若い父親が幼い息子に水着を着せていた。男の子はすぐにでも海に駆け込みたいようで、水着を着せる父親の腕の中から、隙《すき》あらば逃げ出そうとしている。

波打ち際でプロレスごっこをやっている若者たちがいた。友達を抱え上げ、そのまま波に呑《の》まれて、笑い声を上げている。

届けられたビールは冷えておらず、氷入りのグラスに注《つ》いで飲んだ。その後も注文した料理が続々と運ばれ、美しい景色を眺めながらの食事をとった。ふと振り返ると、給仕を終えた若いウェイターが、壁に寄りかかり、同じように日を浴びたビーチを見ていた。

レストランの屋根の向こうから、とつぜん真っ黒な雲が広がってきたのはそのときだった。ビーチはまだ燦々《さんさん》と日を浴びている。まるで空が真っ二つに割れたようだった。

あっという間に暗雲は広がってきた。たった今まで目を細めるほど眩《まぶ》しかったビーチの風景が、一瞬にして暗くなる。ただ、夕暮れや夜明けのような色ではなくて、美しいモノクロ写真のような、黒と銀の世界だった。

次の瞬間、物凄《ものすご》いスコールが降り始める。

スコールから逃れるように、若者たちが歓声を上げながら海から上がってくる。真っ暗な世界の中、その胸や背中がきらきらと銀色に輝いている。それはそれは美しい光景で、思わず息を呑むほどだった。

スコールから逃れた店内の窓から、誰もいなくなったビーチを、かなり長い時間眺めていた。誰もいなくなった砂浜に、兄弟だろうか、男の子が二人ちょこんと座り込み、じっと海を眺めている。海水と雨に濡れた背中が二つ、きらきらと銀色に輝いている。

「雨」

「雨」

聞こえるはずもない二人の会話が、ふと耳に届く。

スイス

山間《やまあい》の無人駅に降りたのは、私だけだった。

視界に迫る山肌は強い日差しを受け、所々で残雪がきらきらと輝いている。発車ベルもなく、のろのろと走り出した電車が美しい景色の中に姿を消してしまうと、時折どこかで鳴く鳥の声以外、耳に入ってくる音は一切ない。山の音、というものがあるのだとしたら、私はまさにその山の音だけを聞いていた。

ホームを降りると、砂利敷きの広場があった。管理所らしき小屋があるが、扉は閉ざされ、人のいる気配はない。

決して強く踏みしめて歩いているわけでもないのに、自分の足音が急な斜面にこだまするほど広がる。

ピーター・ズントーという建築家が建てた「聖ベネディクト教会」が、この駅の近くにあるはずだった。

　日本で調べてきた最寄り駅に降り立ったのはいいが、まさか無人駅だとは思っていなかったので、正確な地図も持っていなかった。ポケットにあるのは、ある雑誌から切り取ってきた簡略な地図（と言うよりはイラストに近い）だけで、まず駅が記され、道がいくつか延びていて、その先に「聖ベネディクト教会」の小さなイラストが載っている。

　駅と教会の間に描かれているのは、牛が三頭。一頭は草を食《は》み、残りの二頭は眠っている。

　駅に辿《たど》り着けば、簡単に見つけられると思っていた。世界的に有名な建築家の、世界的に有名な作品だし、駅に案内図があると思っていたし、万一、なくても誰かに尋ねればいいと考えていた。

　しかし、実際に降り立ってみると、案内図はおろか、見渡す限りの広大な景色の中、一軒の人家さえ建っていない。

　これまでにも、海外旅行中に地図を持たず、困り果てたことが多々ある。

　元々、日本でもいつも手ぶらで、バッグの類《たぐ》いを持ち歩く習慣がない。そのせいで酒場に大切な書類や、頂いたプレゼントなどを忘れてしまい、あとで血の気が引くほど反省させられている。

無人駅に降り立ったまま途方に暮れていると、管理小屋の反対側で犬の鳴き声がして、何やら話しかけている飼い主の声がした。

すぐに回り込んでみると、大きなドーベルマンの綱を引いた若い女性が、管理小屋の窓に貼《は》られているポスターを見入っている。

「すいません。聖ベネディクト教会へ行きたいんですが、ご存知ですか？」と女性に話しかけた。

ポスターを見入っていた女性は、まさかこんな場所に人がいるとは思ってもいなかったのか、一瞬、悲鳴を上げそうなほど驚いて、一呼吸置いたあとに、「ああ、びっくりした」と大袈裟《おおげさ》に胸を撫《な》でた。

見かけは恐《こわ》いが、ドーベルマンは人に慣れているようで、近寄っても吠《ほ》えかかってくることもなく、大人しくしゃがみ込んで尻尾《しっぽ》を振っている。

私はもう一度、教会の名前を告げた。

しばし黙考した彼女が、とても早口な英語で話し始める。

「私も旅行者で、土地の者ではない。車で通りかかって、トイレがないかと降りてみたんだけど、ここ、誰もいないし……。えっとごめんなさい。なんだっけ？　教会を探してるって言った?」

たぶん、そんな内容だったと思う。

「聖ベネディクト教会です。ピーター・ズントーっていう建築家の作品で、とても有名なんですけど」

彼女を逃せば、他に当てがない。必死に説明した。

「そんなに有名な教会なの? でも、そんな有名な教会が、この辺にあるとは思えないけど」

彼女が肩を竦《すく》めて、辺りを見渡す。

周囲にはまったく音がない。音がないだけでなく、音がないという音が耳鳴りのようにうるさい。

仕方なく、彼女に礼を言って歩き出した。山の斜面で蛇行する道を、一台の車が走っていく。あそこまで行けば、なんとかなるかもしれない。

*

この時、宿泊していたのは、やはりピーター・ズントーが設計したスパ施設「テルメ・ヴァルス」に併設されたホテルだった。

山の傾斜に沿って、自然石が積み重ねられた外観は、それはそれは美しく、洞窟《どうくつ》のような内部には、各温度のミネラルウォーターの風呂《ふろ》がいくつも作られており、壁や天井のスリットから差し込む光が、そこを幻想的な空間にしている。

最近、世界各国（日本も含め）、この「テルメ・ヴァルス」に似た造りの施設を、よく目にする。それは街中のレストランだったり、郊外の記念館だったりするのだが、一度、本物を見てしまうと、この建物が現地の風景に合わせて造られたことがよく分かり、それだけを別の場所に置いてみても、さほど効果を上げないのではないかと思う。

もちろん本物にこだわる必要はないし、個人的には偽物という言葉の響きが好きだったりもするのだが、本物を見るということは、とても大事なことだとも思う。たとえば、食べるものもそうだ。美味《おい》しいものを食べないと、不味《まず》いものの不味さは分からない。美しい景色を知っていないと、目の前の景色がなぜ美しくないのかも分からない。

＊

最後の頼みの綱だったドーベルマン連れの女性と別れて、心細い足取りで急な山の斜面を上がり始めた。

時折、車は通るのだが、さすがに道に飛び出して車を止め、教会の場所を尋ねる勇気はない。

雑誌から切り抜いてきた地図風イラストでは、駅と教会の間に牛三頭がいるだけなのだから、見晴らしのいいこの景色の中、教会は必ず見えるはずなのだが、歩いても歩いても教会はおろか、家もない。

それでも一時間ほど歩いた。しかし、さすがに心もとなくなってくる。次のカーブを曲がって、それでも何もなければ、諦《あきら》めて帰るつもりだった。

最後の望みをかけて、山間の崖《がけ》を削る大きなカーブを折れた。すると、集落の屋根が見える。

あそこまで行けば、何か分かるかもしれない。

諦めるつもりが、俄然《がぜん》早足になり、集落に入った。家々に人の気配はするのだが、狭い路地を歩いている人の姿はない。

やはり見つからないのかと、また諦めかけたところで、すぐそこで玄関の木戸が開き、絵本に出てくる木こりのような老人が現れる。

思わず駆け寄って、教会の名前を告げた。

ただでさえ、こもった声が、見事な彼の口ひげに絡まって、ますます聞き取りづらい。

「どこから来たのか?」と問うので、「日本です」と答えた。

「歩いてきたのか?」と訊《き》くので、「そうです」と答えた。

彼は少し驚いたような顔をして、背後を振り返った。彼の視線の先へ目を向けると、民家の屋根の上に、見覚えのある建物の上部が微《かす》かに見える。

「あ」

思わず、漏らした私の声を真似《まね》して、木こりのような老人も、「あ」と声を上げて、深く微笑《ほほえ》む。

集落から細い坂道を上った場所に、それは建っていた。数多くの雑誌やテレビで紹介され、一度見てみたいと願っていた教会が、そこに建っていた。

住み慣れた東京で暮らしていると、心細さという感情を忘れてしまっているような気がする。

心細さとは、決していい感情ではないのだろうが、旅先でふとこの感情に触れた時、次に目にする風景が、期待以上に鮮烈で、忘れがたいものになることがある。

初出誌　ANAグループ機内誌『翼の王国』

小説

願い事	2007年	4月
自転車泥棒		5月
モダンタイムス		6月
男と女		7月
小さな恋のメロディ		8月
踊る大紐育		9月
東京画		10月
恋する惑星		11月
恋恋風塵		12月
好奇心	2008年	1月
ベスト・フレンズ・ウェディング		2月
流されて		3月

エッセイ

バンコク	2008年	5月
ルアンパバン		6月
オスロ		7月
台北		4月
ホーチミン		8月
スイス		9月

本書は、二〇〇八年十月に木楽舎より刊行されました。

吉田修一の本

初恋温泉

離婚話中の夫婦、不倫を重ねる元同級生、初めて外泊する高校生カップル――温泉という日常から離れた場所で気づく、本当の気持ち。せつなく、あたたかく、ほろ苦い、傑作恋愛小説集。

集英社文庫　目録（日本文学）

唯川恵　恋人はいつも不在
唯川恵　あなたへの日々
唯川恵　シングル・ブルー
唯川恵　愛しても届かない
唯川恵　イブの憂鬱
唯川恵　めまい
唯川恵　病む月
唯川恵　明日はじめる恋のために
唯川恵　海色の午後
唯川恵　肩ごしの恋人
唯川恵　ベター・ハーフ
唯川恵　今夜 誰のとなりで眠る
唯川恵　愛には少し足りない
唯川恵　彼女の嫌いな彼女
唯川恵　愛に似たもの
唯川恵　瑠璃でもなく、玻璃でもなく
唯川恵　今夜は心だけ抱いて
唯川恵　天に堕ちる
唯川恵　手のひらの砂漠
湯川豊　須賀敦子を読む
行成薫　名も無き世界のエンドロール
行成薫　本日のメニューは。
行成薫　僕らだって扉くらい開けられる
雪舟えま　バージンパンケーキ国分寺
雪舟えま　緑と楯ハイスクール・デイズ
柚月裕子　慈雨
夢枕獏　神々の山嶺《いただき》(上)(下)
夢枕獏　黒塚 KUROZUKA
夢枕獏　ものいふ髑髏《どくろ》
夢枕獏　秘伝「書く」技術
養老静江　ひとりでは生きられない ある女医の95年
横幕智裕　周良貨／能田茂・原作　監査役 野崎修平
横森理香　凍った蜜の月
横森理香　30歳からハッピーに生きるコツ
横山秀夫　第三の時効
吉川トリコ　しゃぼん
吉川トリコ　夢見るころはすぎない
吉川永青　闘鬼 斎藤一
吉木伸子　スーパースキンケア術 あなたの肌はまだまだキレイになる
吉沢久子　老いをたのしんで生きる方法
吉沢久子　老いのさわやかひとり暮らし
吉沢久子　花の家事ごよみ 四季を楽しむ暮らし方
吉沢久子　老いの達人幸せ歳時記
吉沢久子　吉沢久子100歳のおいしい台所
吉田修一　初恋温泉
吉田修一　あの空の下で
吉田修一　空の冒険
吉田修一　作家と一日

集英社文庫

あの空《そら》の下《した》で

2011年5月25日　第1刷　　定価はカバーに表示してあります。
2021年8月11日　第4刷

著　者　吉田修一《よしだしゅういち》

発行者　徳永　真

発行所　株式会社　集英社
東京都千代田区一ツ橋2-5-10　〒101-8050
電話　【編集部】03-3230-6095
【読者係】03-3230-6080
【販売部】03-3230-6393（書店専用）

印　刷　大日本印刷株式会社

製　本　ナショナル製本協同組合

フォーマットデザイン　アリヤマデザインストア　　マークデザイン　居山浩二

ISBN978-4-08-746697-3 C0193